Alterserscheinungen

Mein Reisetagebuch in den (Un)ruhestand

Eine kurzweilige Wegbeschreibung

Bibliografische Information der Deutschen Nationalbibliothek

Die Deutsche Nationalbibliothek verzeichnet diese Publikation in der deutschen Nationalbibliographie, detaillierte bibliografische Daten sind im Internet über http://dnb.dnb.de abrufbar.

Impressum

© Copyright by **Roland Blümel**
Grandweg 100
22529 Hamburg

Herstellung und Verlag:

BoD, Books on Demand, Norderstedt

ISBN: 9 783749 468225

Roland Blümel

Alterserscheinungen

Alt werden ist wie Weihnachten. Es schleicht sich lange Zeit unbemerkt an und plötzlich ist es da. Man denkt: Jetzt schon? So geht es dem Autor eines Tages als er merkt, dass er nicht mehr zur jungen Generation gehört und der (Un-)ruhestand in greifbare Nähe rückt. Er nimmt den Leser auf unterhaltsame Weise mit auf die Reise und scheut dabei auch nicht vor Selbstironie zurück. Mit einem Augenzwinkern beleuchtet er die täglichen Erlebnisse und behandelt dabei auch Themen, über die man lieber nicht spricht. Oder wann haben Sie das letzte Mal über schwache Blasen und Stuhlgang diskutiert?

CREMEN FÜR ANFÄNGER

Alt werden ist wie Weihnachten. Es schleicht sich lange Zeit unbemerkt an und plötzlich ist es da. Man denkt: Jetzt schon? So ging es mir eines Tages als ich bei einer Onlineumfrage mitmachte und mein Alter eingeben sollte. Das war kurz nach meinem 50. Geburtstag. Zehn Jahre zuvor hatte ich meinen 40. groß gefeiert, um zu beweisen, dass mir mein Alter nichts ausmachte. Den 50. hatte ich wegen einer angeblichen Midlife-Crisis, die mir unterstellt wurde, nicht gefeiert. Ich war mir sicher, keine Midlife-Crisis zu haben, denn das fühlte sich anders an. Aber das will ich hier gar nicht weiter ausbreiten.

Doch mit nunmehr 50 Jahren hatte ich zum ersten Mal das Gefühl: Nun ist der Zenit überschritten, mehr als die Hälfte ist vorbei. »Alle wollen alt werden, aber keiner will alt sein.« Diesen Spruch hatte ich irgendwo mal gelesen und fand ihn einfach nur blöd. Aber plötzlich merkte ich: So ganz dumm ist das nicht.

Ich stellte mich vor den Spiegel und betrachtete mich eingehend. Waren das da alles graue Haare oder war ich eher aschblond? Schon immer aschblond gewesen? Waren diese Falten auf der Stirn wirklich so tief oder verzerrte der Spiegel? Und warum war die Haut an den Unterarmen so faltig? Hatte ich abgenommen?

Ich nahm mir ein Fotoalbum, das mich mit 20, 25 und 30 Jahren zeigte. Gut, das ist etwas unfair, mich mit damals zu vergleichen. Aber war das die gleiche Person? War ich das? Und was war in der Zwischenzeit geschehen, dass ich plötzlich so alt aussah? Das war der

Stress, das waren die Herausforderungen, die ich zu bewältigen hatte.

»Du hast Dich zu wenig eingecremt«, fiel mir als ein anderer Grund ein.

Meine Frau war Creme-Weltmeisterin. Ohne eine Tube Gesichts- oder Handcreme verließ sie nie das Haus. *Vielleicht sollte ich mich auch mal eincremen*, dachte ich. Ich nahm ihre Creme zur Hand, machte einen Klacks auf meinen Zeigefinger und cremte meine Brust ein. Meine intensive Behaarung sorgte dafür, dass die Creme lokal auf einer Fläche von knapp zwei Quadratzentimetern auf meiner Brust haftete. Ein schmieriges, verklebtes Haarbüschel zeugte davon, wo die Creme sich ausgiebig mit meinen Haaren vereinigt hatte.

Okay, vielleicht cremst Du erst mal nur das Gesicht ein, machte ich einen zweiten Versuch. Als ich meinen Bart mit demselben Ergebnis verklebt hatte, spürte ich einen ersten Anflug von Verzweiflung. Wie bekomme ich diese blöde Creme nur unter die Haare, sodass sie auch tatsächlich die Haut erreicht? Rasieren? Bart abnehmen? Das kam nicht in Frage, schließlich trug ich den Bart schon seit dreißig Jahren, er war ein Teil von mir.

Dann erst mal nur die Stirn, um zu sehen, wie es sich anfühlt. Da bei den ersten beiden Cremeversuchen wenig auf der Haut angekommen war, nahm ich dieses Mal einen großen Klacks aus der Tube. Ich patschte ihn mir auf die Stirn und begann, das Ganze zu verreiben. Meine Stirn sah aus wie eine Toastscheibe mit Frischkäse. Mit zu viel Frischkäse, um genau zu sein. Wohin mit dem Rest? Ich erweiterte den Cremehorizont um die Nase. Doch auch wenn meine Nase zu den eher größeren Exemplaren gehörte: Trotz intensiven Einarbeitens blieb immer noch reichlich Creme über.

Was könnte ich noch eincremen? Wo hatte ich eigentlich keine Haare, die im Weg waren? Ich betrachtete mich intensiv im Spiegel. Mit beiden Händen voller Creme musterte ich mich und meinen Körper. War dieses Muttermal schon immer dort? Und diese Haare auf den Schultern? Gab es die schon immer? Wozu waren die eigentlich gut? Die Beine waren eigentlich ganz okay, muskulös, stramm. Nur diese Haare, extrem cremefeindlich.

Wie lange braucht so eine Creme eigentlich bis sie einzieht? Und wohin zieht sie eigentlich ein? Und ist es schlimm, wenn man sofort nachcremt? Verstopfen irgendwelche Poren? Ich beschloss, das sofort nachzuschauen. Als ich vor dem Laptop saß, fiel mir auf, dass bis auf meine Füße kein Körperteil in der Lage war, den Laptop anzuschalten, ohne ihn einzusauen. Die Hände waren nach wie vor voller Creme, die Nase glänzte wie eine Speckschwarte. Verzweiflung machte sich breit.

Ich stützte mein Gesicht in die Hände. Kurz danach kam meine Frau nach Hause.

»Was machst Du denn da?« fragte sie mich und schaute ungläubig.

»Ich hab mich eingecremt«, erwiderte ich kleinlaut.

»Bisschen viel genommen?« Ihr Schmunzeln ließ mich noch verzweifelter dreinschauen.

»Ja, ich bin halt nicht fürs Eincremen gemacht.«

»Ach Du«, meine Frau schaute mich mitleidvoll an. »Soll ich Dir was abnehmen?«

»Oh ja gern«, seufzte ich ergeben.

Sie verrieb die Creme, die auf meinem Gesicht immer noch zentimeterdick drauf saß. Anschließend nahm sie den Rest von meinen Händen und arbeitete es in ihr Gesicht und ihre Hände ein. *Kaum Haare im Gesicht, nur die Augenbrauen, aber ganz viel davon auf dem Kopf,* dachte ich bewundernd. Bei mir war das bis auf die Brauen genau umgekehrt.

»Und jetzt?« fragte ich, weitere Instruktionen abwartend.

»Also Du kannst jetzt mit den Händen den Rest in die Unterarme einreiben bis alles eingezogen ist. Oder … « Sie machte eine kunstvolle Pause.

»Oder was?« fragte ich erwartungsvoll.

»Man kann zu viel Creme auch einfach unter fließendem Wasser abwaschen. Das hättest Du auch gleich machen können.«

Frauen sind so furchtbar praktisch veranlagt. Ich hasse das. Aber ich liebe meine Frau, auch wenn sie mir überlegen ist. Zumindest was den Umgang mit Creme anbelangt.

Morgen besorge ich mir Männercreme und fange an zu üben, beschloss ich. Und heute, ca. 5 Jahre später, habe ich die Tube fast aufgebraucht. Männer und Creme passen einfach nicht zusammen.

MÖCHTEN SIE SICH SETZEN?

Ich wurde also alt. Diese Tatsache fraß sich immer mehr in mein Bewusstsein. Täglich sah ich den Verfall, wenn ich in den Spiegel sah. Graue Haare, so weit das Auge reichte. Ein schwacher Trost, dass zumindest noch Haare zum Grau werden da waren. Nicht wie bei manchem Gleichaltrigen oder sogar Jüngerem, der nichts mehr zum grau werden auf dem Kopf hatte.

Und was sind das für Flecken auf meinem Handrücken. Ist das nur ein Ausschlag oder sind das am Ende Altersflecken? Wie schrecklich? Ich setzte mich an meinen Rechner und befragte Wikipedia:

„Altersflecken (lateinisch Lentigines seniles, Lentigines solares) sind Pigmentstörungen der Haut. Sie entstehen durch vermehrte, chronische Exposition gegenüber Ultraviolettstrahlung, z. B. Sonnenlicht. Bei den Flecken handelt es sich konkret um Anhäufungen des bräunlich-wachsartigen Pigments Lipofuszin (auch Alters- oder Abnutzungspigment), das als Endprodukt aus der Oxidation von ungesättigten Fettsäuren der Zellmembranen entsteht. Die Lysosomen sind nicht mehr imstande, den Stoff völlig abzubauen. So bleibt er als Fleck zurück."

Hilfe! Mein Körper ist schutzlos diesen gemeinen Prozessen ausgeliefert. Ob da Eincremen half? Oder Abschmirgeln? Irgendwie musste ich meiner Haut doch beistehen, damit sie diesem Kampf nicht so hilflos ausgeliefert war!

Ein erneuter, intensiver Blick in den Spiegel zeigte mir, dass ich zumindest im Gesicht noch keine Flecken hatte.

Also so alt siehst Du noch gar nicht aus. Höchstens wie Ende 30. Oder Anfang 40. Also höchstens wie 45.

Aber diese Ringe um die Augen – ich muss unbedingt mehr schlafen. »Alte Leute brauchen nicht mehr so viel Schlaf!« Warum fiel mir dieser blöde Spruch ausgerechnet jetzt ein? Das gilt vielleicht ab 70, aber doch nicht mit Anfang 50, in der Blüte der Jahre. Kopfschüttelnd entfernte ich mich von meinem Spiegelbild.

Ich streifte meine Jeans über und machte mich fertig für die Arbeit. Wer Jeans trägt, kann gar nicht alt sein! Ich nahm meine Tasche und ging federnden Schrittes zum Bus. Nach etwa 200 Metern musste ich das Tempo rausnehmen. Ich war wohl doch etwas zu zügig gegangen. Deutlich langsamer schlich ich die restlichen Meter zum Bus. Dort angekommen sah ich die Menschen, die dort auf den Bus warteten. Die meisten schienen jünger zu sein als ich. Lediglich eine Dame war bereits älteren Datums. Der Bus kam und wir stiegen ein. Die alte Dame und ich nahmen den hinteren Eingang. Proppenvoll war der Bus wie fast jeden Morgen. Die alte Dame kletterte mühevoll in den Bus. Ein junges Mädchen stand auf und bot der alten Dame ihren Platz an.

Wie nett, dachte ich. *Echt zuvorkommend.* Das nennt man Respekt vor dem Alter. Das macht ja heute kaum noch jemand. *Wenn einem jemand seinen Platz anbietet, dann ist man wirklich alt*, ging es mir durch den Kopf. *Zum Glück bin ich ja noch jung.*

Fünf Minuten später stieg ich aus dem Bus und ging zur U-Bahn-Station. Mist, die Rolltreppe war mal wieder außer Betrieb. Ächzend stieg ich die Treppe hoch. Oben angekommen musste ich erst einmal Atem holen. Ich sollte doch ein wenig mehr Sport machen.

Die U-Bahn kam, und ich stieg ein. Auch so knallvoll. *Wo wollen die bloß alle hin?* Und an einen Sitzplatz war nicht zu denken. Na, toll! *Manchmal ist es doch ganz praktisch, alt zu sein,* dachte ich.

Ein junges Mädchen lächelte mich an. Sehr sympathisch die Kleine. Ich setzte mein strahlendes Lächeln auf.

»Möchten Sie sich vielleicht setzen?« fragte mich diese Person und stand auf. Was bildete diese Göre sich ein? Hatte ich das nötig? Sah ich schon so alt aus?

»Nein danke, ich stehe ganz gerne!« erwiderte ich gequält, vielleicht einen Ton zu scharf. Ich merkte, wie mein Lächeln zu Eis erstarrte. Ich schaute in eine andere Richtung, um meinen Gesichtsausdruck neu zu ordnen.

An der nächsten Station stiegen viele Menschen aus. Etwa 20 Sitzplätze wurden frei. Aus dem Augenwinkel sah ich, dass die junge Frau noch immer da war.

Gib dir jetzt nur keine Blöße, sprach ich innerlich zu mir. Ich konnte mich kaum noch auf den Beinen halten, alles in mir schrie: Hinsetzen!

An der nächsten Station stieg ich aus. In fünf Minuten würde die nächste Bahn kommen. Vielleicht gab es da freie Sitzplätze, die nicht erst von so jungen Dingern für einen Mann in den besten Jahren freigemacht werden mussten.

LOHNT SICH DAS NOCH?

Ich bin ein begeisterter Kalenderkäufer. Schon in der zweiten Jahreshälfte hielt ich Ausschau nach diesem Kalender, den ich seit Jahren einsetze. Sehr praktisch, mit viel Platz für Notizen.

Jeden Tag surfte ich im Internet und wartete darauf, dass es endlich die erwartete Vorankündigung gab. Der Juli war vorbei, auch der August ging ins Land. Langsam wurde die Zeit knapp. Andererseits blieben ja noch 4 Monate des alten Jahres und damit des alten Kalenders übrig. Dann endlich, Anfang Oktober, kam der erste Hinweis: Der Kalender konnte bestellt werden.

Leider ereilte mich genau zu diesem Zeitpunkt eine heftige Grippe, mit hohem Fieber (fast 38 Grad), Husten und Schnupfen. Ich fühlte mich hundeelend und litt vor mich hin. Meine Frau umsorgte mich liebevoll. Ich quälte mich täglich an meinen Laptop, um ein wenig zu arbeiten.

Nach einigen Tagen, ich fühlte mich immer noch nicht besser, fiel mir der Kalender wieder ein. Ich rief die Seite im Internet auf und füllte das Bestellformular aus.

Gerade als ich es abschicken wollte, kam mir ein furchtbarer Gedanke. Lohnte sich das eigentlich noch? Das Leben ist kurz, und ich plante hier gerade einfach so ein weiteres Jahr meines Lebens, das vielleicht schon morgen zu Ende wäre.

Ich fühlte mich immer elender. Ich löschte das Formular wieder.

Meine Frau kam ins Zimmer.

»Heute siehst du aber schon viel besser aus. Ich denke, du bist bald durch mit deiner Erkältung.«

Durch mit der Erkältung? Die hatte gut reden. Ich rang hier beinahe mit dem Tode und sie sprach von „Erkältung".

»Übrigens, ich war vorhin im Reisebüro, um Ideen für unseren Urlaub im nächsten Jahr zu sammeln!« Sie schien sich ehrlich darauf zu freuen. Naja, sie könnte dann ja eine Freundin mitnehmen, wenn ich vorher den Löffel …

»Was ist, freust du dich gar nicht auf den Urlaub?« unterbrach ihre Frage meine Gedanken.

»Ach, wer weiß, was nächstes Jahr ist. Ob ich überhaupt …« Ich brachte den Satz nicht zu Ende.

»Hast du keine Lust mehr?« Sie sah mich ungläubig an.

»Doch, schon, aber mir geht es nicht gut und so lange im Voraus planen.« Ich druckste ein wenig herum.

»Weißt du was, mein Schatz? Ich glaube, es könnte dir nicht schaden, mal an die frische Luft zu gehen. Dann kommst du nicht auf so trübsinnige Gedanken.«

»Aber ich fühl mich so schlapp«, versuchte ich zu flüchten, doch es war schon zu spät.

»Komm mit, Liebster. Ich denke, ein wenig frische Luft wird dir helfen. Wir gehen mal eine Runde spazieren.«

Ich fügte mich in mein Schicksal. Als wir durch den Wald streiften, spürte ich die frische Luft und meine Lebensgeister erwachten neu. Meine Frau ist eine Zauberin.

Als wir wieder zuhause waren, ging ich sofort an meinen Laptop und bestellte gleich zwei Kalender. Den einen schenke ich einem Freund. Der ist ein unverbesserlicher Pessimist und Miesepeter. Dabei ist er nur neun Jahre älter als ich, und er tut so, als ob das Leben schon fast zu Ende ist. Komischer Kerl!

BEIM FRISEUR

Es war mal wieder so weit. Ich musste zum Friseur. Ich habe da so ein Problem. Die Haare sind recht dünn, bedecken aber noch den größten Teil meines Kopfes bis auf wenige ausgedünnte Stellen am Hinterkopf. Die sieht man von vorn nicht, aber wenn ich mal Fotos von mir aus der entsprechenden Perspektive sehe. Das sieht nicht aus wie eine Tonsur. Aber das ist nicht mein Problem. Vielmehr ist es bei mir so, dass die Haare hinten am Kopf schneller wachsen als vorne. Dann stoßen sie zuerst auf den Kragen, um sich dann nach außen zu wölben. Meine Frau neckt mich dann und meinte, ich sähe aus wie Troubadix, der Barde aus den Asterix-Heften. Naja, zumindest singe ich besser.

Es war also mal wieder dran, dass ich zum Friseur gehen musste, um mir den Troubadix abschneiden zu lassen. Aus früheren Türkei-Besuchen hatte ich die Erfahrung gemacht, dass türkische Friseure cool und günstig sind. In der Türkei war ich mal bei einem mit einem Bandscheibenvorfall. Vor Schmerzen gebückt schnitt der mir mit einer Hand die Haare, und es kam eine sehr gute Frisur dabei heraus. Das hatte mich tief beeindruckt. Also ging ich zu einem türkischen Kuaför.

Vor mir war ein junger Mann dran, der sich die Haare schneiden ließ. Ruckzuck war rundherum alles bis auf die Kopfhaut abrasiert und oben am Kopf blieb nur noch eine kleine Insel stehen. Cooler Haarschnitt für einen jungen Mann.

Dann war ich an der Reihe. Ich setzte meine Brille ab und nahm auf dem Frisierstuhl Platz. Der Kuaför nahm seine Schneidemaschine in die Hand und dann ging es los. Schwupp und gefühlt 200 g Haare von meiner linken Kopfhälfte fielen zu Boden. Ohne Brille konnte ich nur schemenhaft erkennen, ob und wenn ja wieviel Haare noch an der entsprechenden Stelle verblieben. Auf jeden Fall hatte sich die Haarfarbe verändert. Wo ich vorher noch blond in Erinnerung hatte, schimmerte es plötzlich in Grautönen. Weiter schnurrte das Gerät durch meine ehemalige volle Pracht und unter mir stapelten sich die abgeschnittenen Haare zentimeterhoch. Es erinnerte mich an den Herbst, wenn das Laub zu Boden fällt und nur noch kahle Bäume übrigbleiben. Mir brach der Schweiß aus, und ich wollte nur noch weg.

Derweilen redete der Friseur auf mich ein. Antworten erwartete er anscheinend nicht. Der Schwall seiner Worte passte gut zu der Menge meiner Haare, die um mich herum zu Boden plumpsten.

Plötzlich aber brach eine Frage des Kuaförs in mein Bewusstsein:

»Bist du schon in Rente?«

Ich war schockiert und hörte sogar für einen Moment auf zu schwitzen.

Hä, was war das denn für eine bescheuerte Frage? Sah ich schon so alt aus? Das musste an dieser neuen Frisur liegen, die ich allerdings nur undeutlich erkennen konnte.

Ich überlegte kurz, was ich nun machen sollte. Sollte ich aufstehen, das Gemetzel beenden und ihm eine knallen? Oder so tun, als ob ich die Frage nicht verstanden hätte und sie einfach ignorieren?

Oder überlegen antworten: »Nein, da habe ich noch viele Jahre Zeit, aber mein stressiger Beruf hat mich eben deutlich reifen lassen.«

Ich entschied mich für eine Abwandlung von letzterem.

»Nein, noch nicht!« stotterte ich und setzte das Schwitzen fort.

Der Kuaför war von der Antwort augenscheinlich überrascht, setzte aber Rasur und Redeschwall ungebremst fort.

Als er fertig war, nahm er den Spiegel zur Hand, damit ich sein Werk auch von hinten betrachten konnte.

»Brauchst du Brille?« fragte er mich höflich.

»Nein, ich kann auch so gut sehen«, knurrte ich und kniff die Augen zusammen. Anscheinend waren wohl doch noch ein paar Haare an den Seiten übriggeblieben, vermutete ich oder hoffte es zumindest. Ich würde mir das Ganze zu Hause in aller Ruhe ansehen, nun wollte ich nur noch raus. Ich bezahlte und verließ fluchtartig den Laden, ohne Trinkgeld zu geben.

Zu Hause angekommen war mein erster Weg ins Bad, um mich im Spiegel zu betrachten. Der Haarschnitt war eigentlich gar nicht so schlecht. Aber ich war in der letzten Stunde ergraut. Das musste an diesem Friseur liegen. Was hatte der mit meiner Haarfarbe gemacht?

Ich war seitdem nie wieder bei einem türkischen Friseur. Jetzt gehe ich immer zu einem Italiener. Der macht zwar blöde Witze: »Ein Blicke in den Spiegele kostete extra etc«. Langweilig, weil es immer die gleichen Sprüche sind. Aber dafür schickt er mich nicht in Rente. Sympathisch, der Mann.

FRÜHER WAREN DIE ALTEN ÄLTER

Es war ein verregneter Tag, und ich saß zu Hause. Mein Blick fiel auf ein altes Fotoalbum meiner Eltern, das ich quasi als Erbe an mich genommen hatte.

Ich fand Bilder von mir als kleines Baby, als Kleinkind, das gerade laufen lernte, als 6-Jähriger und so weiter. Was war ich doch für ein süßes Kind gewesen!

Daneben fanden sich diverse Bilder meiner Geschwister, zum Beispiel von einer Konfirmation. Meine Güte, was hatten alle bloß für Klamotten an? Und erst der Haarschnitt – wie konnte man nur so herumlaufen? Die sahen alle wirklich komisch aus. Onkel und Tanten in Anzüge und Kostüme hineingepresst, die heute keiner mehr tragen würde. Ich musste laut losprusten beim Anblick dieser Vogelscheuchen. Meine Eltern waren auch nicht besser gekleidet. Und alle sahen unglaublich alt aus. Waren die immer schon alt gewesen? Ich rechnete im Kopf nach. Das Ganze war jetzt etwa 50 Jahre her. Onkel Hermann und Tante Gertrud wären jetzt so um die 100, also waren sie damals …

Also waren sie damals ungefähr 50, schoss es mir durch den Kopf. So alt wie ich jetzt, durchfuhr mich ein eisiger Schrecken. Ich legte das Album beiseite und schleppte mich wieder zum Spiegel. Prüfend ließ ich meinen Blick über das schweifen, was sich meinem Auge bot. Ich ging zum Schrank und tauschte die schlabberige Jogginghose gegen meine neue Jeans ein.

Außerdem streifte ich noch mein neues Hemd über das ausgewaschene T-Shirt, das ich heute trug.

So alt sah ich gar nicht aus, stellte ich bei einem erneuten Blick in den Spiegel fest. Onkel und Tante sahen schon mit 50 wie mindestens 70 aus. Alte Leute eben! Ich ging noch mal zum Spiegel. Ich hielt die Luft an und zog den Bauch ein. Mit den Zeigefingern zog ich die Haut an der Stirn auseinander, sodass die Furchen zwischen den Augenbrauen verschwanden. Also ich sah höchstens wie 50 aus, aber mindestens 10, 15 Jahre jünger als meine Onkel und Tanten damals.

Früher waren die Alten älter, stellte ich fest.

»Warum stehst Du eigentlich im Moment dauernd vor dem Spiegel?« Meine Frau steckte den Kopf durch die Schlafzimmertür.

»Ach, willst du noch mal weg oder warum hast Du Dich umgezogen?« kam als nächstes.

Was sollten diese Fragen?

»Nein, ich wollte nur etwas Vernünftiges anziehen und nicht immer nur in diesen Schlabbersachen rumlaufen«, erwiderte ich etwas unwirsch.

»So, so«, war die lapidare Antwort.

»So, so« kann ich nicht leiden.

»Was heißt: So, so?«

»So, so heißt so viel wie: ach was.« Meine Frau lächelte mich an.

Mist, dieses Lächeln brachte mich immer aus der Fassung, und ich konnte nicht sauer sein.

»Ich habe gerade in einem alten Album geblättert und festgestellt, dass die alten Leute damals ganz schön merkwürdige Klamotten anhatten und überhaupt ziemlich alt aussahen.«

»Mit den Jahren sieht man halt älter aus«, antwortete meine Frau.

»Vielleicht, aber erst, wenn sie 70 oder noch älter sind und dann ziehen die sich entsprechend an.«

»Stimmt doch gar nicht. Schau Dir meine Eltern an, die sind schon bald 80, und ziehen die sich alt an?«

»Nein«, musste ich zugeben.

»Weißt du was, mein Schatz? Man ist so alt wie man sich fühlt. Und das drückt man auch in seiner Kleidung aus.«

Das stimmt, dachte ich. Und da ich am liebsten Jeans und legere T-Shirts trug, konnte ich noch gar nicht alt sein.

»Da hast du Recht. Heute sind die Alten einfach jünger.«

»Genau.«

Ich bemerkte ihr Schmunzeln.

»Warum grinst du mich so an?« Ich war verunsichert.

»Ich hab dich lieb«, erwiderte sie und strich mir über die Wange.

Mir fielen wieder Onkel Hermann und Tante Gertrud ein. So etwas hatte ich die beiden nie sagen hören, die waren echt wie ein altes Ehepaar, das nur noch nebeneinander her lebte. Früher waren die Alten echt älter. Heute hält uns die Liebe jung.

Ich tauschte Jeans wieder gegen Jogginghose und zog auch das Hemd wieder aus. *Hab ich das nötig, auf jung zu machen?* Man ist so alt wie man sich fühlt und gerade fühlte ich mich ziemlich jung. Ich weiß nicht, ob ich es schon sagte: Meine Frau ist eine Zauberin.

SENILE BETTFLUCHT

Irgendetwas hatte mich geweckt, mitten in der Nacht, und ich konnte nicht wieder einschlafen. Das war ohnehin mein Problem:

Ich hatte einen sehr leichten Schlaf. Jedes kleine Geräusch, ein Regenschauer, ein Windhauch, all das weckte mich auf oder hinderte mich bereits am Einschlafen. War das früher auch schon so? Oder kam das erst mit dem Alter? Ich konnte mich nicht erinnern.

Mein Blick ging zum Wecker: 4.30 Uhr. Ein wenig früh zum Aufstehen. Im Rücken zwickte es. Also legte ich mich auf die andere Seite. Wohin mit dem Arm? Unter den Kopf? Blöd. Neben den Kopf? Auch nicht gut. Außerdem strammte jetzt der Schlafanzug, da er sich nur bedingt mitgedreht hatte.

Aufrichten, Textilien zurechtziehen, wieder hinlegen. Blick zum Wecker: 4.35 Uhr. Der Arm immer noch im Weg. Ich legte ihn lang neben mich. Was war morgen eigentlich geplant? Ach ja, das nervige Telefonat, das mir schon seit Tagen bevorstand.

Welche Mittel gab es eigentlich, um wieder einzuschlafen? Schafe zählen. Bei 15 gingen meine Gedanken spazieren. Konzentration. Also noch mal von vorn. Sollte ich schon mal einen Kaffee kochen? Naja, immer noch ein wenig zu früh um 4.40 Uhr. Ich ging auf die Toilette, vielleicht half ja ein kurzer Ortswechsel. Oder frische Luft. Fenster aufmachen. Ach so, Fenster ist bereits offen.

Zurück ins Bett. Ich war immer noch nicht wieder richtig müde. 4.50 Uhr. Immerhin 10 Minuten gewonnen. An Schlaf war aber immer noch nicht zu denken. Welcher Tag war heute? Ach ja, Mittwoch, also noch drei Tage bis zum Wochenende. Da könnte ich dann ausschlafen. Oder auch nicht.

Meine Schwiegermutter nannte das "senile Bettflucht". Aber galt das auch schon für 5 Uhr in der Früh? Ich müsste das mal googlen. Schließlich war es ja wichtig, den eigenen Körper zu verstehen. Oder war ich schon ausgeschlafen? Vielleicht brauchte ich nur noch 5 Stunden Schlaf?

Gefühlt im Minutentakt schaute ich auf die Uhr, um zu entscheiden, wann ich endlich aufstehen und diese Quälerei beenden könnte. Also spätestens um 7 Uhr würde ich aus dem Bett steigen und Kaffee kochen.

Noch eine Stunde durchhalten. Jetzt noch 50 Minuten. Die Zeit kroch aber auch. Noch 40, 30, 20 Minuten.

Plötzlich klingelte der Wecker und riss mich mit Getöse aus dem Schlaf. 7.30 Uhr.

»Na, mein Schatz, Du hast aber gut geschlafen!« Meine Frau lächelte mich aus wachen Augen an.

Ich musste kurz vor 7 also doch noch eingeschlafen sein. Nun fühlte ich mich, als könnte ich noch drei Stunden schlafen.

»Schrecklich«, brummte ich und fühlte mich wie durch den Fleischwolf gedreht.

»Ich koch mal einen Kaffee«, verkündetet meine Frau.

Mir fielen die Augen wieder zu. Anscheinend waren 5 Stunden doch nicht genug. Vermutlich musste ich nur meinen Schlafrhythmus ändern, eventuell nicht vor Mitternacht ins Bett gehen. Und die senile Bettflucht gab mir anscheinend noch ein paar Jahre und war so lange selbst auf der Flucht.

»Ich glaube, du solltest langsam aufstehen. Es ist gleich 9.« Meine Frau stand mit einem dampfenden Kaffee vor meinem Bett. Ich war wohl noch mal fest eingeschlafen.

»Hier zum Wachwerden, mein großer Schläfer!« So stell ich mir das Rentnerdasein später vor. Im Bett bleiben bis zum Geht-nicht-mehr und dann mit einer Tasse Kaffee im Bett sitzen, und es sich gutgehen lassen. Senile Bettflucht, nein danke!

MAN(N) MUSS VORBEREITET SEIN

Ich glaube, ich sagte es schon, aber das Altwerden schleicht sich an wie Weihnachten. Genauso ist das mit der Rente. Für die meisten Menschen kommt sie völlig überraschend und trifft sie völlig unvorbereitet. Solche Leute fallen dann in ein tiefes Loch. Nachdem sie in den ersten drei Wochen ihre Garage so aufgeräumt haben, dass man sie möbliert teuer vermieten könnte, fällt ihnen danach nichts mehr ein. Kein Hobby, kein Zeitvertreib und wenn sie sich dann mal mit den Ex-Kollegen treffen wollen, fallen sie denen nur auf den Wecker, weil sie sie von der Arbeit abhalten.

So etwas sollte mir nicht passieren, beschloss ich. Als ich den Entschluss fasste, das Angebot zur Altersteilzeit anzunehmen und damit die letzten drei Jahre meiner aktiven Berufstätigkeit eingeläutet wurden, begann ich, Pläne für die Zukunft zu schmieden. Ich besorgte mir Stapel von Büchern, meldete mich bei einem Fernlehrgang an und startete diverse Tätigkeiten, wie zum Beispiel das Schreiben.

Meine Frau schaute mich kritisch an: »Ich glaube, du hast da was missverstanden«, sagte sie in belehrendem Ton. »Deine passive Zeit fängt erst in drei Jahren an, bis dahin musst du noch arbeiten.«

»Ja«, nickte ich überlegen. »Ich weiß, aber ich bereite mich ja nur schon mal vor.«

Sie schaute auf die neuen Arbeitsmaterialien, blickte dann auf mich, dann wieder auf den Stapel.

»Okay«, sagte sie nur. Dieses „Okay" kam in der Langform bei mir als »Ich hoffe, du weißt was du tust« an.

Ich schaute mir das Material an. Arbeitshefte für mein Studium, Lektüre, wie man eine Homepage baut, Lebenshilfebücher, jede Menge Material als Schreibhilfe, ein Sachbuch wie man gute Präsentationen erstellen kann. Naja, ich hatte ja nun drei Jahre Zeit, mich auf den Ruhestand vorzubereiten. Außerdem wollte ich ja nicht erst mit beinahe 60 mein erstes selbstgeschriebenes Buch auf den Markt bringen, sondern dann schon Bestsellerautor sein, mindestens.

Ich nahm mein nächstes Arbeitsheft in die Hand und begann, dieses durchzuarbeiten. Zwar hatte ich einen anstrengenden Arbeitstag hinter mir, aber ich bin ja noch jung, da geht schon noch was. Als ich auf der fünften Seite angekommen war, musste ich das erste Mal herzhaft gähnen. Auf Seite sechs spürte ich eine unerklärliche Eintrübung meines Sehvermögens. Vielleicht sollte ich mich doch noch einen kleinen Moment hinlegen, damit ich danach erfrischt weiterlesen konnte. Ich streckte mich kurzzeitig auf dem Sofa aus und warf noch einen kurzen Blick auf die Uhr. 17:45 Uhr, der ganze Abend lag noch vor mir. Als ich kurze Zeit später wieder auf die Uhr schaute, war es 22.30 Uhr. Zeit zum Schlafengehen, dachte ich mir. Ich nahm noch einmal mein Arbeitsheft in die Hand und warf einen kurzen Blick auf Seite 6, an dessen Inhalt ich keinerlei Erinnerung mehr hatte. Deshalb verabschiedete mich für diesen Tag von meiner Lektüre und versprach ihr, mich morgen, spätestens am Wochenende intensiv ihrer anzunehmen. Das Heft war einverstanden und wünschte mir eine gute Nacht. Ich zog mich aus, putzte Zähne und stieg ins Bett. Mein letzter Gedanke war: Gut, dass ich mich jetzt schon so intensiv auf die Zeit danach vorbereite, jetzt, wo ich noch frisch und tatendurstig bin.

Ich schlief ein und hatte einen Traum: Mein Buch war auf der Bestsellerliste seit Monaten die Nummer 1. Ich saß im Kino und schaute mir die Verfilmung meines Bestsellers an. Unerklärlicherweise las ich während der gesamten Vorstellung in so einem Arbeitsheft, aber ich kam immer nur bis Seite 6. Ich hab keine Ahnung, was dieser Traum bedeuten könnte.

REPARATUREN

Man kennt das ja von alten Autos oder anderen Gebrauchsgegenständen. Wenn die in die Jahre kommen, werden Reparaturen immer häufiger. Ich musste allmählich feststellen, dass das auch für Menschen gilt. Ich leide schon seit Jahren unter Lungenproblemen, sodass ein vierteljährlicher Besuch beim Lungenspezialisten obligatorisch ist.

Das ist aber eher eine Art TÜV ohne Plakette. Da wird im Wesentlichen der Zustand kontrolliert, ohne Reparaturen. Allenfalls wird geklärt, ob die „Pflegeprodukte" in Form von Medikamenten noch in Ordnung sind.

Aber in einem Jahr kamen weitere Reparaturen dazu. Es fing mit einer Blasenentzündung an. Mein Hausarzt schickte mich zu einem Urologen. Der hatte mich anscheinend sofort ins Herz geschlossen, denn er verabredete eine ganze Reihe von Rendezvous, sodass ich zwischendurch den Eindruck hatte, ihn häufiger zu sehen als meine Frau. Die Flut von Besuchen riss erst ab, als mich eine dicke Erkältung umhaute.

Ich schleppte mich einige Wochen so dahin. Aber als dann plötzlich meine Stimme wegblieb, besuchte ich wieder meinen Hausarzt. Der verordnete mir eine Woche Sprachlosigkeit und Gurgeln. Langsam kam die Stimme wieder, aber es dauerte Wochen, bis ich wieder halbwegs „einsatzfähig" war.

Langsam hatte ich das Gefühl, dass es nun genug mit Arztbesuchen, Checks und Reparaturen war. Aber da gab es ja noch einen Bestandteil meines Körpers, der schon lange keine Reparaturen benötigt hatte. Und der meldete sich zu Wort.

Eines Abends biss ich auf ein Stück Schokolade und es gab einen lauten Knall. Ich tastete verwundert meinen Mund ab, konnte aber auf den ersten Blick nichts feststellen. Vorsichtig kaute ich weiter, traute mich nicht, richtig fest zuzubeißen. In den nächsten Tagen kristallisierte sich heraus, was passiert war. Meine alte Brücke hatte sich gelockert und machte sich allmählich selbständig. Da gerade Ostern war, ging ich zum Zahnarztnotdienst mit dem inneren Anspruch: Mach heil!

Die Zahnärztin blickte in den Mund, zog mit einem gezielten Griff die Brücke raus, drückte sie mir in die Hand und sagte: »Das ist kaputt, da kann ich momentan nichts machen.« Mit der Brücke in der Hand fuhr ich nach Hause.

Gleich nach Ostern ging ich zu einem „richtigen" Zahnchirurgen, um den Schaden ansehen zu lassen. Der besah sich die Bescherung und stellte fest, dass sich das Thema "Brücke" erledigt hatte. Sie hatte sich nicht nur losgerissen, sondern ihre Halterungen gleich mit in die ewigen Jagdgründe genommen. Die nächste Reparatur wurde fällig.

In den nächsten 8 Monaten saß ich mir den Hintern auf diversen Zahnarztstühlen wund. Die beiden nicht mehr tragfähigen Zahnstümpfe wurden ausgegraben, dann musste das Ganze erst einmal verheilen. Ich saß mit klammem Gefühl beim Kieferchirurgen, der mit einem monströsen Gerät in meinem Mund Platz nahm und nach Wurzeln grub. Erstaunlicherweise hatte ich keine Schmerzen. *Die Spritzen müssen mich komplett betäubt haben*, dachte ich. Aber auch als ich zuhause war und die Betäubung schon Geschichte war, empfand ich keinen Schmerz. Super, das war schon mal geschafft!

Da ich ein Implantat haben wollte, gab es dann noch diverse „Schreinerarbeiten" zu erledigen, die nicht nur schmerzhaft, sondern auch zeitaufwändig waren. Mittlerweile kannte ich die Zahnarztpraxis wie mein Wohnzimmer. Im Wartezimmer lag immer ein aktueller „stern", den ich aber leider nie durchgelesen bekam, da ich immer relativ schnell dran war.

Doch irgendwann war es dann soweit. Alles wurde eingebaut, die Reparatur war erst einmal abgeschlossen. Ich konnte es kaum glauben und fiel beinahe in ein emotionales Loch. Wie würde ich den Trennungsschmerz von meinem geliebten Zahnarzt überstehen?

Aber, sagte ich mir tröstend, es gibt ja noch mehr Ärzte und mein Körper hat so viele Bestandteile, da wird bestimmt noch das eine oder andere zu reparieren sein. Ich hatte mir schon eine Liste aller möglichen Fachärzte in der Umgebung erstellt. Wie haben wir Menschen es doch gut gegenüber Autos. Diese haben meist nur eine Vertragswerkstatt. Aber wir Menschen haben viel Abwechslung. Für jeden Reparaturbedarf gibt es Spezialisten.

Also ganz ehrlich: Mein Bedarf an Reparaturen ist erst einmal gedeckt. Ich pflege mich einfach jetzt mehr. Soll ich es doch noch mal mit eincremen probieren?

SCHON WIEDER GEBURTSTAG

Ich finde, je älter man wird, desto öfter hat man Geburtstag. Als ich noch jung war, so zwischen 12 und 17 etwa, da konnte es gar nicht schnell genug gehen. Mit 18 war dann das Ziel erreicht. Ab 25 hätte es eigentlich stoppen können, das empfand ich als das ideale Alter. Die nächsten Jahre gingen auch noch, aber die 3 an vorderster Stelle meiner Altersangabe empfand ich schon ein wenig als Verrat.

Und danach legte das Altern an Tempo zu. Die 40 ertrug ich mit einer großen Feier, aber ab da nahm ich die Geburtstage nur noch ungern in Empfang.

Immer häufiger kam die schwierige Frage: »Wie geht es dir denn mit jetzt 50 Jahren?«

Was antwortet man darauf? »Es beginnt jetzt die Silberzeit! Silber im Haar.« Und solche Sprüche.

Aber noch schwerer tat ich mich von Jahr zu Jahr mit der Frage: »Was wünscht du dir denn?!«

Sollte ich sagen: »Einen Rollator!« Oder »Stärkungspillen«, »Antifalten-Creme!«.

Langsam fiel mir nichts mehr ein. Meine Frau hatte immer noch Ideen, bewundernswert. Aber materielle Wünsche werden ja eigentlich immer weniger. Man hat einfach zu wenig Zeit, um all die Bücher zu lesen, all die Filme zu schauen, die man geschenkt bekommt, weil der nächste Geburtstag ja mit Riesenschritten naht. Sind das wirklich 365 Tage, die dazwischen liegen? Oder eher 36,5? Und selbst ein Schaltjahr macht nicht so wirklich einen Unterschied.

Seit es Internet gibt und man bei vielen Firmen und Newslettern bekannt ist, hat sich die Zahl der Gratulanten vervielfacht. Was ich so an Gutscheinen zum Geburtstag bekomme, alter Schwede! Man könnte bei jedem Online-Besteller Schnäppchen machen, bei einem bekannten Möbelgeschäft ein kostenloses Stück Kuchen schlemmen, günstiger ins Theater oder Musical gehen und so weiter. Aber was ist, wenn man sich den ganzen Stress antut und alles mitnimmt? Richtig, man hat dann schon wieder Geburtstag. Also: Alle schönen Gutscheine sauber ablegen – in den Papierkorb – und das Leben genießen.

Mittlerweile rückt die 6 an erster Stelle des Alters in bedrohliche Nähe. Allmählich muss ich mich wohl damit anfreunden, von Jüngeren als „rüstig" bezeichnet zu werden. Ende 50 und ich kann mich immer noch ohne Rollator bewegen, höre noch ganz gut und darf fast alles essen. Ist das nichts? Soll die 6 vorne doch kommen, ich bin vorbereitet. Und direkt nach meinem Geburtstag mache ich jetzt eine Wunschliste für den nächsten. Auch da will ich vorbereitet sein.

ICH WERDE OPA

Von meiner Tochter erhielt ich eine WhatsApp-Nachricht, die nur ein Bild enthielt. Das sah verdächtig nach einem Ultraschall-Bild aus. Sollte das etwa heißen, dass …?

Mit leicht zitternden Fingern schrieb ich zurück: »Soll das heißen, dass du …?«

»Ja, das ist ein Ultraschall-Bild.« Dann kam noch ein Smiley hinterher.

Das bedeutete doch, dass ich Großvater, dass ich Opa werde. Spontan fiel mir mein eigener Opa ein und mein Vater, als mein Bruder zum ersten Mal Nachwuchs bekam. Die waren doch schon alt, und ich bin noch so jung. Ich rechnete zurück. Als meine älteste Nichte geboren wurde, war mein Vater 54. Ach, du dickes Ei. Der war ja noch drei Jahre jünger als ich jetzt bin.

Als ich meiner Frau die frohe Botschaft überbrachte, strahlte sie, freute sich wirklich und sah mich mit leuchtenden Augen an. Ich begriff nicht, warum. Das war doch ein weiterer Beweis für meinen Verfall. Hätte meine Tochter nicht noch ein paar Jahre warten können? Meinetwegen bis ich 70 bin oder so? Okay, dann wäre sie schon Mitte 40. Sie war doch gerade erst 31. Ich hatte doch auch gewartet, bis ich alt genug war. Schnell zurückgerechnet fiel mir ein: Ach ja, ich war erst 26, als ich zum ersten Mal Vater geworden bin.

Ich betrachtete mich mal wieder im Spiegel und konnte keine Veränderung gegenüber heute Morgen feststellen. Die Tatsache, Opa zu werden, hatte mich nicht plötzlich altern lassen. Und plötzlich drang ein

Gedanke in meinen Kopf: Ist es nicht schön, zusätzlich zu Kindern auch noch Enkelkinder zu haben?

Schnell griff ich mir mein Smartphone und schrieb zurück.

»Ich freue mich. Wann ist es denn soweit?«

Seitdem stellte ich mir vor, wie es sein wird, wenn ich dieses kleine Würmchen zum ersten Mal in meinen Armen halten werde. Als es dann soweit war, schmolz ich dahin und war mächtig stolz. Mir fiel ein Bibelzitat ein:

»Das ist doch Bein von meinem Bein und Fleisch von meinem Fleisch.« Okay, das hatte Adam gesagt, als Gott aus seiner Rippe Eva erschaffen hatte. Aber Details. So geht das Leben weiter von einer Generation zur anderen. Und ich bin mittendrin.

DIE RENTE RÜCKT NÄHER

Nachdem es nur noch etwas über ein Jahr bis zu meinem Ruhestand war, fiel mir wieder das Maßbandthema aus der Bundeswehrzeit ein. Damals fieberten die Soldaten dem Entlassungsdatum entgegen, indem sie sich ein zwei Meter langes Maßband anschafften, von dem sie jeden Tag einen Zentimeter abschnitten. So konnte man anhand von Länge und Umfang genau sehen, wann es so weit war, dass man wieder in die "Freiheit" durfte.

Über so etwas war ich natürlich erhaben. Außerdem hatten wir nur Zollstöcke oder, wie es ein Bekannter ausdrückte, Gliedermaßstäbe im Haus. Und jeden Tag mit einer Säge etwas davon abzusäbeln war mir die Sache dann doch nicht wert.

Doch es geht ja auch anders. Ein Kollege, der ebenfalls den Ruhestand vor Augen hatte, etwas eher als ich, stellte mir freundlicherweise eine Exceldatei zur Verfügung, mit der man anhand des Tagesdatums und des letzten Arbeitstages die Resttage ausrechnen lassen konnte. Dazu wurden zunächst einmal anhand einer Formel die Werktage ausgerechnet. Man musste jetzt nur noch die Feier- und Urlaubstage davon abziehen und Schwupps hatte man die restlichen Nettotage. Es waren noch ca. 250.

Ich war mit dem Ergebnis unzufrieden. Excel taugt nichts, dachte ich bei mir. Zur Kontrolle nahm ich mir einen Kalender und versuchte, das Ganze manuell nachzuvollziehen. In dem Zuge erledigte ich gleich meine Urlaubsplanung. Bei Nachrechnen kam ich dann zu dem Ergebnis, dass die Excel-Summe noch günstiger war als meine manuell berechnete. Ich seufzte und überlegte, ob es noch einen dritten Weg gab, zu mehr Sicherheit zu kommen. Also übertrug ich den Kalender auch in Excel, trug für jeden Tag ein, ob ich arbeitete, Wochenende war, ein Feiertag oder Urlaub. Nun kam ich auf drei Tage weniger als in der anderen Excel-Rechnung. Ich raufte mir die Haare und überlegte, wie ich die Kuh vom Eis bekommen könnte.

Einfach weiterarbeiten, als wenn nichts gewesen wäre, und den Dingen seinen Lauf lassen, kam nicht in Frage. Schließlich will man ja vorbereitet sein. Ich grübelte noch über meine Excel-Eigenschöpfung, als mir plötzlich der Fehler auffiel. Ich hatte mir einfach drei Tage Urlaub mehr gegönnt.

Froh darüber, nun Datensicherheit zu haben, frustriert darüber, dass es noch so viele Tage waren, die mich von der Freiheit abhielten, beschloss ich, Feierabend zu machen. Genüsslich löschte ich einen weiteren Arbeitstag aus meiner Excel-Liste. Excel ersetzt sogar Maßbänder und Gliedermaßstäbe. Danke, Mr. Gates!

TODO-LISTEN

Ich gebe es zu, ich bin ein ToDo-Listen-Fetischist. Ich führe Listen für meine täglichen Vorhaben, aber auch für die Langfristplanung.

Besonders ärgerlich finde ich es, wenn ich etwas erledigt habe, was nicht auf der Liste steht. Dann muss ich es natürlich nachtragen, um es anschließend genüsslich durchzustreichen.

Jeden Tag beginne ich damit, eine Liste zu erstellen, was an dem Tag zu erledigen ist. Dieses prickelnde Gefühl, etwas durchstreichen zu können, was man erledigt hat ist einfach herrlich! Manchmal kommt es natürlich vor, dass Aktivitäten vom Vortag unerledigt bleiben. Die muss ich dann selbstverständlich in die neue Liste eintragen. Außerdem gibt es die Langzeitprojekte, also Dinge, die nicht heute, aber in den nächsten Tagen oder Wochen zu erledigen sind. Dafür habe ich eine eigene Liste.

Um den Überblick zu behalten, habe ich jetzt eine App auf meinem Smartphone installiert, in der ich solche Langzeit-Todos notieren kann, inklusive Termin und Kurzbeschreibung. Ich muss gestehen, dass ich bei manchem Eitrag nach einiger Zeit schon nicht mehr weiß, was der zu bedeuten hatte. Doch ich habe festgestellt, dass der Genuss um einiges geringer ist, wenn ich so eine Aktivität mit einem Klick einfach lösche, als wenn ich den Eintrag auf meiner Liste durchstreiche. Ich muss mal mit dem Hersteller dieser App sprechen, ob man da nicht etwas machen kann.

Zum Beispiel statt einfach zu löschen durch Betätigen einer entsprechenden Taste diesen Text ganz langsam durchzustreichen. Das ist doch eine gute Idee. Den Punkt muss ich gleich mal in meiner Todo-Liste eintragen. Aber in welcher? Schaffe ich das heute noch oder kommt das in die Langfrist-Todo-Liste? Ich weiß. Ich schreibe das Überlegen, ob ich es in die kurz- oder langfristige Liste schreibe, einfach in die kurzfristige Liste. Wenn ich das heute noch nicht entscheiden kann, dann übertrage ich das morgen einfach in die neue Liste. So geht der Punkt nicht verloren. Genial, oder?

Seit ich das mit den Listen konsequent mache, geht mir fast nichts mehr verloren. Allerdings werde ich das Gefühl nicht los, dass ich nicht mehr so viel Zeit habe. Ich muss mal überlegen, woran das liegen und wie ich das ändern kann. Guter Punkt. Das Nachdenken hierüber trage ich gleich mal in die Todo-Liste ein. Aber schaffe ich das heute? Mal sehen!

ICH BIN OPA

Nach neun langen Monaten war es endlich so weit. Der Entbindungstermin meiner Tochter nahte. Am Stichtag passierte gar nichts. Auf meine vorsichtige Frage, wie es denn aussähe, kam nur zur Antwort: Die Kleine "wellnessed" noch. Mittlerweile wussten wir, dass es ein Mädchen werden würde.

Durch die sozialen Medien waren wir in der Lage, auch an den nächsten Tagen hautnah am Ball zu bleiben, trotz räumlicher Entfernung von beinahe 1000 Kilometern. Aber weiterhin ruhte der See ziemlich still bzw. das Baby genoss die Zeit mütterlicher Nähe. Meine Tochter fühlte sich mittlerweile wie ein Walfisch und schickte mir Fotos, in denen man das Kind bewundern konnte, allerdings immer noch versteckt in Mamas Bauch.

Inzwischen traute ich mich schon nicht mehr, die Tochter mit Fragen zu behelligen und kontaktierte den werdenden Vater. Weiterhin Ruhe im Karton bzw. im Bauch. Aber dann war es so weit. Der Kontakt brach ab und irgendwann erhielt ich die Nachricht, dass Tochter, inklusive Inhalt, im Krankenhaus waren und die Geburt eingeleitet werden sollte.

Quälende Stunden der Ungewissheit ohne Neuigkeiten. Und dann kam die erlösende Nachricht. Ich wurde erfolgreich als Opa entbunden. Besser gesagt: Meine Tochter war glückliche Mutter einer gesunden Tochter. Die ersten Fotos kamen per Smartphone. Darauf eine erschöpfte Tochter, ein nahezu ähnlich erschöpfter Schwiegersohn und ein Baby, das auf jeden

Fall das hübscheste auf Erden war. Das sage ich natürlich ganz objektiv.

Die nächsten Wochen wurden wir über Fotos auf dem Laufenden gehalten, bis wir es dann endlich schafften, die kleine Enkeltochter selbst im Arm zu halten und in Augenschein zu nehmen.

Als ich sie zum ersten Mal sah, war es gar nicht mehr so schlimm, jetzt ein alter Opa zu sein. Vielmehr war ich, wie wir es hier im Norden sagen, bannig stolz auf Tochter und Enkeltochter. Beide hatten sich prächtig entwickelt. Meine Tochter war super in ihre Rolle als Mutter hineingewachsen. Hatte sie selbst nicht gerade erst laufen gelernt oder war das tatsächlich schon etwas länger her?

Und meine Enkeltochter war schon ganz schön gewachsen. Das Beste an diesem Wochenende: Ich war der erste, den sie angelächelt hat. Wir haben uns prima unterhalten und der Abschied nach dem Wochenende fiel schon ganz schön schwer. Aber glücklicherweise versorgt mich meine Tochter regelmäßig mit Bildern und Videos. Und hin und wieder besuchen wir sie oder sie uns.

Ich muss sagen: Opa zu werden ist hart. Opa sein dagegen wunderschön. Gerade wenn man so rüstig und jung ist wie ich.

DIE SCHWACHE BLASE

Ich weiß, es ist ein heikles Thema, aber auch das muss mal angesprochen werden. In der Therapie ist es immer wichtig, seine Probleme beim Namen zu nennen, auch wenn es schwerfällt. Soll ich offen sprechen? Ich habe eine schwache Blase.

Tagsüber geht es eigentlich. Da kann ich es stundenlang aushalten, ohne dass sie sich meldet. Sie scheint also nachtaktiv zu sein, meine Blase.

Ich hatte lange die Vermutung, es könnte daran liegen, dass ich abends zu viel trinke. So habe ich es mal ausprobiert, nach 18 Uhr nichts mehr zu trinken. Spätestens um 21 Uhr fühlte ich mich wie ein nicht geleerter Staubsaugerbeutel. Aber ich blieb eisern. Als ich später ins Bett stieg, hatte ich den Eindruck, vor Trockenheit zu knistern. Ich blieb standhaft.

Kurze Zeit später wünschte ich meiner Blase heiser gute Nacht und schlief ein. Etwa 2 Stunden später weckte mich meine Blase durch ein gewisses Druckgefühl. Ich erklärte ihr, dass sie weiterschlafen solle und drehte mich auf die andere Seite. Die Blase drehte sich mit und erhöhte den Druck. Ich versuchte, Blase und Druck zu ignorieren und weiterzuschlafen. Erfolglos. Unbeirrt war die Blase dabei, mir zu erklären, dass eine Entlastung des Drucks für uns beide einen Gewinn darstellen würde. Genervt gab ich nach, stieg aus dem warmen Bett in die kalte Nacht, ging zur Toilette und tat, was nötig war. Seufzend stieg ich ins Bett in der Erwartung, dass wir beide nun bis zum Klingeln des Weckers Ruhe haben würden.

Leider kannte meine Blase die Weckzeit nicht und wachte etwa 1 ½ Stunden zu früh auf. Alle Diskussionen, die ich schläfrig führte, halfen nicht. Also wieder raus aus dem warmen Bett, die Prozedur wiederholen und zurück ins Schlafzimmer. Da allerdings die Zeit zum Aufstehen nicht mehr weit war, lohnte es sich nicht, wieder einzuschlafen.

Falls die Blase jetzt vorgehabt hätte, wieder einzuschlafen, so wischte ich ihr eins aus. Ich ging in die Küche, goss mir ein großes Glas Wasser ein, kochte mir einen Kaffee und konsumierte in der nächsten halben Stunde etwa 2 Liter Flüssigkeit. Die Blase bekam in der Nacht mit Sicherheit keinen Schlaf mehr.

Seitdem haben wir ein Arrangement getroffen. Ich trinke abends nach Durstgefühl. Wenn sie dann nachts aufwacht, gehe ich mit ihr ohne große Diskussion zur Toilette. Dafür schläft sie anschließend wieder brav, bis zum nächsten Mal. Dafür musste sie mir versprechen, mich nur in Ausnahmefällen drei Mal nachts zu wecken. Meist gibt sie nach zwei Mal Ruhe.

Neulich hatte sie sogar verschlafen und mich nur ein einziges Mal geweckt. Auf meine Rückfrage hat sie mir allerdings erklärt, das wäre eine Ausnahme gewesen, die nicht zur Regel werden würde. Da war ich beruhigt. Schließlich braucht man als Mensch eine gewisse Routine und Beständigkeit.

STUHLGANG

Wenn wir schon mal bei den heiklen Themen sind, dann kann ich ja gleich das nächste anschließen. Es geht um den sogenannten "Stuhlgang". Ich habe keine Ahnung, wer auf diesen komischen Begriff gekommen ist, denn der schafft nur Verwirrung.

Einer meiner Freunde, ein Mann mit Migrationshintergrund, erzählte mir von einem seiner ersten Arztbesuche. Er konnte noch nicht so gut Deutsch, aber die wesentlichen Begriffe waren ihm schon geläufig. So war es dann für ihn etwas überraschend, als ihn der Arzt bat, beim nächsten Mal einen Stuhl mitzubringen. Zwar gab es im Sprechzimmer genügend Sitzgelegenheiten, aber wenn der Arzt noch einen weiteren Stuhl haben wollte, warum nicht?

Das Missverständnis klärte sich, als er beim nächsten Besuch aus dem Wartezimmer einen Stuhl herbeischleppte. Der Arzt erklärte ihm dann, was mit Stuhl gemeint war.

So kann es kommen, wenn solche Begriffe verwendet werden. Ich habe mich gefragt, woher dieser Begriff eigentlich kommt und bin dann bei Wikipedia fündig geworden.

Die Bezeichnung Stuhlgang wurde aus der älteren Medizinsprache (für Krankheiten mit vermehrter Ausscheidung) in die Umgangssprache entlehnt und steht für den Gang zum Leibstuhl, einem Stuhl mit eingebautem Nachttopf zur Aufnahme der Fäkalien.

Da lernt man richtig dazu, oder? Aber das ist aus der Zeit gekommen, denn wer hat heute noch einen Nachttopf? So viel kann ich aus meiner Intimsphäre verraten: Ich nicht!

Aber dieses ganze Thema ist mit einem gewissen Bäh-Faktor versehen, obwohl es zu unserem täglichen Leben gehört. Oder zweitäglichem? Ich will da jetzt nicht in die Einzelheiten gehen, aber inzwischen gibt es sogar Bestseller, die sich mit dieser Thematik befassen und sie aus der Schmuddelecke herausgeholt haben.

Und auch im Krankenhaus ist der Stuhlgang ein regelmäßiges Gesprächsthema.

Gleich morgens, wenn man entweder noch im Halbschlaf ist oder nichts Böses ahnt, kommt die Frage: »Hatten Sie heute Stuhl?«

Am liebsten würde ich auf dieses Eindringen in meine innerste Sphäre antworten: »Das geht Sie einen Scheißdreck an.« Aber die Leute müssen das ja fragen und das Ergebnis festhalten. Wenn das so wichtig ist, warum wird dann nicht nach Details wie Gewicht, Härtegrad und Farbe gefragt? Aber gut, ich möchte dieses Thema nicht weiter vertiefen.

Andererseits finde ich, dass dieses Thema doch reichlich ungerecht behandelt wird. Denn wenn sich die Leute untereinander fragen, was sie heute gegessen haben, warum wird dann nicht nach dem anderen gefragt?

Man könnte der Peinlichkeit, wenn man sie denn empfindet, ja auch entgehen, indem man fragt: »Hattest du heute schon Output?« Das hört sich doch viel weniger peinlich an, oder?

Auch wenn man auf das sogenannte stille Örtchen geht, auf dem es bisweilen alles andere als still ist, verklausuliert man das gern. »Ich mache mal ein Geschäft.«

Da wird man doch an das alte Rom erinnert. »Pecunia non olet.«

Geld stinkt nicht. Da wurden auf der Latrine Geschäfte abgewickelt.

Oder jemand sagt: Ich habe ein Ei gelegt. Und das, obwohl er kein Huhn ist und sein Ei sicher nicht weiß und mit Schale ist.

Aber gut, genug davon. Wechseln wir das Thema und sprechen wieder über den Stuhl. Wie sieht ihr Stuhl heute aus? Weich oder fest? Okay, weich! Welche Farbe? Dunkelbraun! Welches Material? Wie bitte, Sie verstehen die Frage nicht. Okay, präziser: Hat er einen Holzrahmen und wenn ja, aus welchem Holz? Oder schwingt er?

Sehen Sie, so entstehen Missverständnisse! Also nächstes Mal auf den Zusammenhang achten.

VERGESSLICH?

Man behauptet gerne, dass Menschen im Laufe der Jahre immer vergesslicher werden. Ich glaube das nicht.

Es gibt junge Menschen, die vergesslich sind. Zum Beispiel, wenn die Mutter sie auffordert, ihr Zimmer aufzuräumen. Dann kommt als Antwort:»Ja, das mache ich nachher.« Nachher aber wird das dann gern "vergessen". Ist natürlich völlig unabsichtlich. So etwas passiert halt.

Der Lehrer fragt nach den Hausaufgaben, die die Schüler dann leider völlig vergessen haben. Kann ja mal passieren.

Andererseits gibt es ältere Menschen, die vergessen nie etwas. Eine zwanzig, dreißig, vierzig Jahre alte Beleidigung bleibt unvergessen.

Ich gehöre zum Glück zu den Menschen, die wenig vergessen und überhaupt nicht nachtragend sind. Wenn mir zum Beispiel jemand auf die Füße tritt, dann trete ich zurück, aber danach ist die Sache für mich abgehakt. Es sei denn, derjenige tritt mir noch mal auf die Füße. Dann zahle ich es ihm doppelt heim, denn er hat ja schon mal. ...

Das kann man doch nicht auf sich sitzen lassen. Da bin ich konsequent. Nein, das stimmt natürlich nicht. Im Normalfall sage ich:»Macht nichts. Ich habe ja noch einen Fuß!«

Aber wenn meine Frau mir etwas erzählt oder mich um etwas bittet, dann vergesse ich das auf keinen Fall. Manchmal gibt es etwas viel zu behalten, aber ich bemühe mich, nichts zu vergessen. Schließlich bin ich ja nicht vergesslich.

Es gibt höchstens kleine Schwächen. »Hast du die Kaffeemaschine ausgemacht?« Klar, habe ich das. Unauffällig gehe ich noch mal in die Küche, um die selbstbewusste Aussage noch ein letztes Mal zu überprüfen. Da stehe ich dann und überlege, was ich eigentlich dort wollte. Was für eine Lampe brennt da? Ach, richtig, die Kaffeemaschine. Die mache ich dann am besten mal aus.

»Kannst du mir von Einkaufen noch dieses und jenes mitbringen?« Natürlich. Dann stehe ich vor den Regalen und überlege: Was war das noch mal? Ach richtig, jenes. Aber was war noch mal dieses?

»Hast du alles bekommen?«

Antwort: »Nicht ganz.« Ich packe aus.

»Ach, hast du dieses nicht bekommen?«

»Nein!« Ich muss ja nicht erklären, dass ich dieses nicht mehr wusste. Ich biete an, noch mal zu einem anderen Supermarkt zu gehen, um dieses zu besorgen, aber so viel Umstände muss ich mir nicht machen. Ist meine Frau nicht nett?

Ich habe jetzt auf meiner Todo-Liste ergänzt, dass ich mir eine Einkaufs-App besorgen, um das Problem aus der Welt zu schaffen.

Aber von diesen kleinen Schwächen abgesehen, vergesse ich nichts. Ich kann mir Sketche von Loriot oder Heinz Erhard wortgetreu merken und wiedergeben. Also bei den ganz wichtigen Dingen bin ich voll da. Im Übrigen, was wollte ich noch schreiben? Ist mir gerade entfallen, aber in irgendeinem der nächsten Kapitel wird es mir schon wieder einfallen.

SPORT

Jedes Kind weiß es: Sport ist gesund. Welchen Ratgeber man auch immer zu Rate zieht, wenn es um Gesundbleiben im Alter geht, überall steht es. Regelmäßige Bewegung hilft, gesund und fit zu bleiben.

Schon als Jugendlicher habe ich regelmäßig Sport getrieben. Nachmittags ging es immer auf den Bolzplatz. Zwischendurch war ich auch mal im Verein, aber da wurde mir zu viel geklüngelt. Außerdem war man dann jedes Wochenende auf Tour, wozu ich keine Lust hatte. Aber Fußball spielen, später Fußball sehen, war schon immer meine große Leidenschaft. Leider hat es zur Nationalmannschaftskarriere ganz knapp nicht gereicht. Die Scouts kamen in meinem Dorfverein einfach nicht vorbei. Aber ich schweife ab.

In der Schule hatten wir einen Sportlehrer, mit dem ich nicht besonders gut klarkam. Irgendwie stimmte die Chemie zwischen uns nicht. So war mir der Sport in der Schule zuwider.

Mit etwa 30 Jahren wurde ich chronisch krank. Ein Lungenleiden ließ meine Kondition in den Keller sinken. Zunächst dachte ich, dass es nur etwas Vorübergehendes wäre, aber es blieb und wurde schlimmer. Jede Anstrengung führte zu Atemnot, was zur Folge hatte, dass ich zunehmend versuchte, Bewegung zu vermeiden. Mein Sport war jetzt eher passiv. Sportschau, Sportstudio, Sportübertragungen und so weiter.

Aber immer wieder las ich, wie wichtig Sport ist. Toll, dachte ich, wie denn? Selbst Gehen wurde zur

Herausforderung. Ich musste mich dabei entscheiden zwischen Reden und Atmen. Das hatte zur Folge, dass Gespräche beim gemeinsamen Spaziergang sehr einseitig waren. Meine Frau redete, und ich nickte oder schüttelte den Kopf.

Und dann meldete ich mich zu einer Kur an, die einen besonderen Bestandteil hatte: Lungensport. Denn Sport ist ja gut und wichtig. Auch für Kranke, wurde mir gesagt. Los ging es auf dem Laufband. Der Therapeut stellte eine Geschwindigkeit ein, bei der ich das Gefühl hatte, sofort zu ersticken. Was für ein Tempo! Es waren ca. 2 ½ Stundenkilometer, die mir wie ein Sprint vorkamen. Wenn ich mir allerdings den Lauf des Bandes von außerhalb anschaute, hatte ich den Eindruck, dass es sich kaum bewegte.

Dann gab es Geräte, an denen man seine Muskeln trainieren konnte. Ich erinnerte mich an früher, als ich in einem "normalen" Fitness-Studio trainiert hatte. Da waren Athleten, bei denen ich den Eindruck hatte, sie wollten nicht nur die Gewichte, sondern am liebsten das ganze Gerät stemmen.

Hier aber ging es zum Glück deutlich entspannter zu. Alle Teilnehmer waren Lungenkranke, die sich nur vorsichtig an die Gewichte heranmachten.

Nun war ich gefordert, am Ball zu bleiben. Das bedeutete, dass ich mir vornahm, regelmäßig Sport zu treiben. Ich meldete mich an mit dem Vorsatz, ein Mal pro Woche Sport zu treiben. Denn es ist ja klar: Sport ist so gesund!

Das erzählte ich meinem Schweinehund, der jede Woche etwas anderes vorhatte, als zum Sport zu gehen. Mal war das Wetter zu schlecht, mal war es so gemütlich zuhause, mal hatte ich Wichtigeres vor.

Aber oft gelang es mir, den Schweinehund auszutricksen und mich zum Sport davonzustehlen. Mittlerweile war ich mit beinahe doppelter Geschwindigkeit auf dem Laufband unterwegs. Ich war so stolz auf mich. Die Ratgeber hatten tatsächlich recht. Es ging mir deutlich besser als vorher ohne Sport.

Inzwischen hatte ich mir einen Schrittzähler besorgt, der meine tägliche Leistung aufzeichnete. Das erste Modell war ziemlich blöd. Der fing erst ab 10 Schritten an, aufzuzeichnen, was auch bedeutete, dass mir jedes Mal Schritte verlorengingen, wenn ich kurz stehengeblieben war. Dafür belohnte er mich mit einem Smiley, wenn ich die Tagesvorgabe erreicht hatte. Das führte zum Beispiel dazu, dass ich abends vor dem Schlafengehen etwa 50 Mal ums Bett lief, um die Vorgabe noch zu erreichen und mit einem Smiley belohnt zu werden.

Ich schaffte mir ein anderes Modell an, das alles aufzeichnete, aber eine höhere Vorgabe an Schritten beinhaltete. Außerdem gab es keinen Smiley oder ähnliche Belohnung. Trotzdem forderte es mich heraus, meine tägliche Vorgabe möglichst oft zu schaffen.

Schließlich hatte ich dann eine App auf meinem Smartphone, das eine ähnliche Funktion hatte. Da war die Vorgabe wieder etwas moderater, aber man musste natürlich das Smartphone bei jedem Schritt dabeihaben. Das führte zu der skurrilen Situation, dass ich versuchte, mein Handy immer dabei zu haben, um auch tatsächlich alle Schritte gutgeschrieben zu bekommen. Wenn ich es dann trotzdem mal vergaß, habe ich mich geärgert. Aber es half auf jeden Fall, mich regelmäßig und viel zu bewegen. Und man weiß ja: Bewegung ist gesund.

Inzwischen haben wir uns eingespielt, mein Smartphone und ich. Meistens habe ich es dabei, aber wenn nicht, dann schüttle ich es anschließend so oft, bis es mir die entgangenen Schritte gutgeschrieben hat. Damit kommen wir beide gut klar. Und dann freue ich mich jeden Morgen, wenn ich mit der Meldung begrüßt werde: »Sie haben gestern Ihr Schrittziel erreicht. Gute Arbeit.« Da geht man doch gleich fröhlich und mit neuem Bewegungsdrang in den neuen Tag. Denn ich weiß ja: Bewegung ist gesund!

GEWICHTSPROBLEME

Es gibt ja Menschen, die unter Problemen mit ihrem Gewicht leiden. Entweder, sie fühlen sich zu dick, sind es vielleicht auch. Oder sie sind zu dünn, würden gern zunehmen, können es aber nicht. Die wenigsten Menschen sind mit ihrem Gewicht zufrieden.

Ich gehörte zum Glück zu dieser Kategorie. Als junger Mensch konnte ich essen, so viel ich wollte, mein Gewicht blieb nahezu identisch. Anscheinend hatte mein Körper ein Regularium, das ihm sagte, wie viel der aufgenommenen Nahrung bleiben und wie viel davon wieder gehen durfte.

Das blieb auch in den nächsten Jahren so. Ich wurde älter und beobachtete bei vielen meiner Zeitgenossen Veränderungen in den Proportionen. Manche gingen regelrecht aus dem Leim. Bei dem einen oder der anderen sprach man liebevoll von "Hüftgold". Frauen wurden füllig um die Hüften, Männer entwickelten Bäuche.

Das führte bei Frauen dazu, dass die Kleidung luftiger wurde, bei Männern klemmte die Hose unter dem Bauch. Manche kokettierten damit, indem sie T-Shirts trugen mit dem netten Spruch: »Bier formte diesen schönen Körper«. Es ist aber auch gemein, dass Kalorien nachts in den Schränken wühlen und die Kleidung enger machen.

Ich hatte das Problem nicht. Meine Krankheit und die Medikamente, die ich schlucken musste, führten dazu, dass ich Gewicht verlor. In meinen Hosen war plötzlich mehr Platz. Ich aß zwar nicht unbedingt weniger, aber vermutlich verbrannte mein Körper mehr als früher.

Doch irgendwann hatte sich mein Körper anscheinend an die Medikamente gewöhnt. Zwischendurch musste ich wegen einer akuten Erkältung Kortison nehmen, was plötzlich zu einem regelrechten Fressflash führte. Eigentlich hatte ich nur einmal Hunger und das war ganztägig. Aber das war nicht schlimm, denn ich nahm ja nicht zu. Irgendwann spürte ich, dass meine Hose wieder besser passte. Eine Jacke, die ich mir gekauft hatte, führte plötzlich zu Problemen beim Luftholen. War die Jacke enger geworden? Waren die Hosen eingelaufen?

Nach langer Zeit stieg ich mal wieder auf die Waage. Nach einem Blick auf die Anzeige wollte ich überprüfen, ob ich eventuell noch schwerere Gegenstände in den Hosentaschen hatte, bis mir auffiel, dass ich gar keine Hose anhatte. Auszuziehen war auch nichts mehr, denn ich war ohne alles auf die Waage gestiegen. Also mussten die zusätzlichen zehn Kilogramm echter Mehrwert sein. Jetzt fiel mir auch ein, warum meine Frau beim Küssen einen gewissen Abstand wahrte. Das war der Bauch, der zwischen uns stand. Nicht ihrer, sondern meiner.

Mittlerweile bin ich also nicht mehr zu dünn, sondern ganz gut in Futter. Wenn ich meine Frau frage, was wir zum Mittag essen wollen, neckt sie mich gern mit dem Text: »Was, schon wieder essen?«

Nachdem ich anfangs pikiert war, antworte ich jetzt einfach: »Ich hab dich auch lieb.« Sie kann sowieso froh sein, denn jetzt hat sie 10 Kilo mehr, als sie geheiratet hat.

REISELUST

Ich bin schon immer gern zuhause geblieben. Wenn es um Planung von Urlauben ging, dann war ich oft nur halbherzig dabei. Ich würde mich nicht als Stubenhocker bezeichnen, aber in den eigenen vier Wänden ist es doch eigentlich ganz schön. Da hat man alles, was man braucht, muss die meisten Dinge nicht suchen, weil man ungefähr weiß, wo sie sind.

Aber dann gibt es Menschen, die unheimlich gern verreisen und neues entdecken wollen, mindestens fünf Mal im Jahr oder öfter. Das kann ich nicht nachvollziehen. Doch gerade ältere Menschen, die keine Verpflichtungen mehr haben, können ohne zeitliche Einschränkungen andere Orte, andere Länder besuchen.

Ganz ehrlich muss ich gestehen: Das Reisen finde ich gar nicht so schlimm. Was mich am meisten nervt, und das war schon immer so, ist das Packen. Vieles davon nimmt mir meine Frau ab. Die kann mit Reisekoffern quasi Tetris spielen. Während bei mir nur die Hälfte reinpassen würde, bekommt sie erstaunlich viel hineingequetscht.

Ich sah mit der herannahenden Rente das Dilemma erhöhter Reisetätigkeit auf mich zukommen. Die Kinder waren aus dem Haus, man musste keine Rücksicht mehr auf Schulferien nehmen. Freiheit!

Zwar war meine Angetraute noch nicht in Rente, aber das Reisefieber brannte schon lichterloh. Zumindest bei ihr. Bei den beinahe täglichen Diskussionen über Gott und die Welt, vor allem die Welt, zählte sie immer wieder auf, zu welcher Reise sie Lust hätte. Schottland,

Island, Kanada, Irland, Neuseeland, um nur einen Bruchteil der anvisierten Reiseziele zu nennen. Dazu kamen noch Kreuzfahrten, Wohnmobiltouren und so weiter.

Ich überschlug die aufgezeigten Reiseziele und Möglichkeiten und kam zu dem Schluss: Wenn wir im Schnitt fünf solcher Urlaube pro Jahr unterbekämen, müsste ich mindestens 100 Jahre alt werden, um das meiste davon unterzubringen. Meine Urlaubsplanerin war davon unbeeindruckt und fügte etwa stündlich, gut, ich will nicht übertreiben, täglich oder zumindest wöchentlich neue Ziele in unser Reiseplanbuch ein.

Okay, ich habe beschlossen: Wenn ich 100 Jahre alt werde, dann ziehen wir alle diese Reisen durch. Es wäre dann allerdings gut, wenn ich diese Unternehmungen ohne Rollator, Sauerstoffflasche und im Vollbesitz meiner geistigen Kräfte durchführen könnte. Deal?

Alles klar, dann fange ich jetzt mit zwei Listen an. Das eine ist die Checkliste, was ich alles mitnehmen und meine Gattin einpacken muss. Die zweite Liste, die allerdings mehr ein dickes Buch werden wird, enthält die Reiseziele, die wir nach und nach mit einem Haken versehen, wenn wir dagewesen sind. Ach, was sag ich Haken, die werde ich dann genüsslich durchstreichen. Island, erledigt. Alles klar? Dann zum nächsten, wir müssen nur kurz zuhause die Post rausnehmen (großenteils Reiseprospekte), Wäsche waschen und den Koffer umpacken. Und auf geht's nach Schottland.

Turas math! Hab ich gerade gelernt. Das heißt "Gute Reise" auf schottisch Gälisch. Reisen bildet.

ZEITUMSTELLUNG UND JETLAG

Mindestens zwei Mal im Jahr kommt mein Biorhythmus völlig durcheinander. Dann ist Zeitumstellung. Winter- auf Sommerzeit im März oder April, das Ganze in die andere Richtung Ende Oktober.

Ich finde es immer lustig, dass viele Menschen jedes Mal wieder überlegen, ob die Uhr vor- oder zurückgestellt werden muss. Ich erinnere mich an die ersten Jahre der Zeitumstellung, als die Leute es noch nicht gewohnt waren und viele es einfach vergessen haben. Verabredungen am Sonntagmorgen endeten manchmal damit, dass Freunde oder Bekannte eine Stunde zu früh oder zu spät kamen. Das war zwar einerseits witzig, andererseits aber für die Pünktlichen eher ärgerlich.

Nach und nach stellte sich die Öffentlichkeit darauf ein, über alle Kanäle noch einmal darauf hinzuweisen: Am Sonntag werden die Uhren umgestellt. Aber wohin? Vor oder zurück. Dann erfanden pfiffige Zeitgenossen die Eselsbrücke: Im Frühling werden die Gartenmöbel vorgeholt, im Herbst zurückgestellt. Ah ja, und schon war das Problem für viele gelöst, zumindest für die, die diese Eselsbrücke behalten konnten.

Ich hatte damit eigentlich kein Problem. Lange Zeit war auch diese eine Stunde Zeitdifferenz kein Ding. Doch mit zunehmendem Alter wurde es schwieriger. Mit der frischen Sommerzeit hatte ich das Dilemma, dass ich noch nicht müde war, wenn ich es hätte sein sollen. Wenn ich sonst um 23 Uhr ins Bett gegangen bin, war ich dann plötzlich noch putzmunter. Dafür klingelte der Wecker um halb sieben, aber mir war gefühlt nach halb sechs.

Ende Oktober war es dann mit einem Mal ganz anders. Nicht nur, dass es gefühlt erst kurz vor dem Mittag plötzlich hell wurde. Um 22 Uhr hatte ich das Gefühl, es wäre schon 23 Uhr. Morgens wachte ich eine Stunde vor dem Wecker auf. Dieser schlief aber noch selig.

Keine Frage: Ich hatte einen Sommer-Winterzeit-Jetlag. Mein Körper weigerte sich, diesen Zirkus mitzumachen. Aber was tun? Die Menschen meiner Umgebung waren leider nicht bereit, seine Aktivitäten nach meiner inneren Uhr umzuplanen. Und das, obwohl mittlerweile ein Großteil der Bevölkerung über den Schwachsinn der Zeitumstellung schimpfte. Aber alle machten mit.

Ich fieberte der Rentenzeit entgegen, aber würde das wirklich etwas verändern? Könnte ich meine eigene Zeitzone schaffen? Oder müsste ich mit dem Jetlag leben und Wochen damit zubringen, meinen Biorhythmus wieder neu zu sortieren?

Bevor ich hierfür eine Lösung finden konnte, wurde mir gezeigt, was ein Jetlag wirklich ist. Früher machte ich mal Urlaub in der Türkei und musste eine Zeitdifferenz von 2 Stunden (vor) verkraften. Auch Reisen nach England oder Irland mit jeweils 1 Stunde (zurück) waren locker zu verkraften, als ich noch jung war.

Aber nun flogen wir um den halben Erdball nach Neuseeland. Da in Deutschland noch Winterzeit, aber in Neuseeland Sommerzeit war, gab es eine Zeitdifferenz von 12 Stunden. Zwar machten wir Zwischenstopps, um uns langsam an die Differenz zu gewöhnen, aber es war hart. Plötzlich konnte ich über die eine Stunde Zeitumstellung nur müde schmunzeln. Was für eine Bagatelle.

In den ersten Nächten überraschte mich, dass auf meinem Smartphone zu der Zeit so viel los war. Viele Mails kamen mitten in der Nacht. Selbst die Fußball-Bundesliga spielte plötzlich nachts um halb vier. Es dauerte etwas, bis mir einfiel, dass es in Deutschland ja helllichter Tag war, wenn wir in Neuseeland normalerweise im tiefsten Schlummer lagen.

Nach gut drei Wochen Neuseeland ging es dann zurück. Und diese 12 Stunden Zeitdifferenz taten wirklich weh. Meine Frau und ich versuchten, zur "normalen" Zeit, also etwa gegen 23 Uhr schlafen zu gehen. Klappte auch super. Nächtelang saßen wir drei Stunden später putzmunter mit einem warmen Tee im Bett und probierten, danach wieder einzuschlafen.

Nach wenigen Wochen hatten wir es wieder im Griff. Bis zur Sommerzeitumstellung. Schon wieder ein Jetlag. Ich beschloss, den Blödsinn einfach hinzunehmen. Und wenn ich in Rente bin, dann mache ich einfach, was ich will. Ich esse, wenn ich Hunger habe, schlafe, wenn ich müde bin. Bei Terminen plane ich einstündige Puffer ein. Ich mache es dann wie die Rechtsmediziner. Tatzeit plus minus eine Stunde. »Wann treffen wir uns?« Antwort: »15 Uhr. Plus minus eine Stunde!« Passt schon!

Jetlag? Nicht mit mir. Ich mache da nicht mehr mit. Das wäre ja noch schöner, wenn ich mir von dem etwas diktieren ließe. Jetzt muss ich mich erst mal hinlegen. Die Winterzeitumstellung steckt mir noch in den Knochen.

SELBST IST DER MANN

Es gibt handwerklich begabte Menschen und solche, die es nicht sind. Ich bin irgendetwas dazwischen. Gern probiere ich Dinge aus, manche gelingen, andere etwas weniger. Da man kann für vieles auch reichlich Geld bezahlen kann, muss man sich überlegen, ob man es selbst hinbekommt.

Und dann gibt es Klischees, die besagen, dass Männer für manche Tätigkeiten ungeeignet sind, zum Beispiel Einpacken oder Kochen. Neulich waren wir bei einem Bioladen und haben größere Mengen Gemüse eingekauft, manches leicht vom Gewicht her, manches schwer. Während meine Frau noch nach den letzten Dingen Ausschau hielt, wollte die Kassiererin schon einmal die Verkäufe einbuchen und mir geben. Alles lief normal bis zu ihrer Frage an meine Frau: »Darf Ihr Mann das einpacken?«

Meine Frau blickte sie erstaunt an, mein Gesicht war ein einziges Fragezeichen. Was sollte das denn?

»Nun ja, manche Männer schaffen es nicht und packen die weichen Sachen nach unten und die schweren obendrauf«, erklärte sie.

Was für ein Männerbild? Sind Männer zu blöd für so was? Das konnte doch wohl nicht wahr sein. Ich wunderte mich ebenso darüber, dass die Kassiererin meine Frau fragte und nicht mich. Meine Frau antwortete: »Klar bekommt er das hin.« und nickte zustimmend.

Was soll ich sagen. Diese Dame achtete peinlich darauf, mir zuerst die schweren Dinge zu geben und dann die leichten. Ich kam mir ziemlich blöd vor.

Ein anderes Beispiel. Wir hatten eine Konferenz auf der Arbeit und verbrachten den Abend in einem Kochstudio. Im Gespräch mit mehreren Kollegen kamen wir auf das häusliche Kochen zu sprechen. Die meisten der männlichen Kollegen berichteten, dass sie nie selbst kochten, sondern höchstens zu Hilfstätigkeiten herangezogen würden. Ihre Tätigkeit an dem Abend war dann auch genau das: Hilfsarbeit!

Ich war doch erstaunt und musste einwerfen: »Selbst ist der Mann.« Ich werde nicht verhungern, wenn meine Frau nicht zuhause ist. Ich kann kochen und das geht über Bratkartoffeln mit Ei weit hinaus. Wenn ich erst mal in Rente bin, dann bringe ich ein Kochbuch heraus.

Warum gibt es denn so viele berühmte, männliche Köche? Da kann ich mich dazu gesellen. Vielleicht werde ich ja fürs Fernsehen entdeckt und strahle irgendwann meine Kollegen mit einer Kochmütze auf dem Kopf vom Bildschirm an.

Und dieser Kassiererin werde ich es zeigen. »Hier, schau dir das an, wie ich die Sachen in der richtigen Reihenfolge einpacke. Ganz nach unten. Sieh mal: die schweren Dinge wie Kürbis oder Blumenkohl. Die Tomaten kommen ganz nach oben. Genau wie die Eier. Selbst ist der Mann! Hab ich doch schon immer gesagt.«

Ja, ich blicke einer glanzvollen Zukunft entgegen und emanzipiere die Männer. Ihr seid keine packbehinderten Deppen, die vor dem vollen Kühlschrank verhungern. Nein! Selbst ist der Mann, Ihr werdet es schon sehen.

LESESTOFF

Ich konnte förmlich spüren, wie der Tag meines Abschieds von der Firma näher rückte und wollte ja vorbereitet sein. Außerdem interessierte ich mich für alles Mögliche. Das hatte diverse Nebenwirkungen. Die Geschichte mit den Todo-Listen hatte ich bereits erwähnt.

Was noch dazu kam, war der gesammelte Lesestoff, der mich vermutlich bis zum 100. Geburtstag beschäftigen würde, wenn nicht täglich neuer dazukommen würde.

Da waren zum einen eine Tageszeitung, eine Wochen- und eine Monatszeitschrift. Dazu kam diverses Lehrmaterial für mein angestrebtes neues Betätigungsfeld, die Schriftstellerei. Schon hiermit hatte ich gut zu tun. Manche Menschen schaffen es ja, die Tageszeitung von vorn bis hinten zu lesen. Da ich auch noch einen sogenannten Brotberuf hatte, schaffte ich es natürlich nicht. Das hatte zur Folge, dass ich jeden Tag nur einen Bruchteil der Zeitung lesen konnte. Außerdem hatte ich den Eindruck, jeden dritten Tag einen kiloschweren Bestand an Altpapier wegzubringen. Die Wochenzeitschrift, die am Donnerstag herauskam, verfolgte mich die ganze Woche. Oftmals lag schon die nächste Ausgabe auf dem Tisch, wenn ich mit der vorherigen Ausgabe noch gar nicht fertig war. Und einmal monatlich, wenn ich den Briefkasten öffnete, nahm ich stöhnend das dicke Monatsheft heraus und wunderte mich, dass schon wieder ein Monat vorbei war und mich der frische Lesestoff anstrahlte.

Dann war da die Fachliteratur mit den vielen Ratschlägen, wie man einen Bestseller schreiben würde, wie man Spannung aufbauen und sein Buch vermarkten könnte, wie man eine tolle Homepage aufbaut und vieles mehr. Ich begann mit einem Buch, das mich in 100 Tagen zum Verfassen eines tollen Romans führen sollte. Jeden Tag gab es eine Übung. Nach der dritten Übung oder war es die vierte, gab ich auf und griff zum nächsten Buch.

Nebenher wollte ich ja eigentlich an einem Roman schreiben. Außerdem hatte ich hin und wieder Hunger, sodass hierfür Zeit einzuplanen war. Und meine Frau wollte auch ab und zu mal mit mir reden.

Zu allem Überfluss bekam ich dann, da ich ja literarisch interessiert war, zum Geburtstag und zu Weihnachten weitere Berge an Büchern.

Es musste also etwas passieren. Einschränkungen am Kontakt zu meiner Frau oder Verzicht auf Lebensmittel kamen nicht wirklich in Frage. Bücher verbrennen war schon aus historischen Gründen aber auch sonst keine Option.

Das erste zumindest teilweise Opfer war die Tageszeitung. Mittlerweile hatte ich das Gefühl, dass ich hier für Altpapier bezahlte, da ich kaum zum Lesen kam. In einem ersten Schritt wechselte ich auf die umweltfreundliche und preiswerte Variante, die Zeitung nur noch online zu lesen. Theoretisch hätte ich also auch unterwegs lesen können. Das funktionierte allerdings nicht so wirklich. Und dann wurde mir die Entscheidung quasi abgenommen. Der Verlag spielte ein Update der App ein und plötzlich kannte mich die

Software nicht mehr, und ich hätte die einzelnen Ausgaben käuflich erwerben müssen. Eine Fehlermeldung an die Hotline des Verlages verschwand in einem dunklen Loch, auch ein zweiter Versuch scheiterte, sodass mir der Kragen platzte und ich das Abo kündigte.

Interessanterweise gab es danach sofort eine Reaktion und die Frage, ob ich mir die Kündigung nicht noch einmal überlegen wollte. Es war wie eine Befreiung als ich sagte: »Nein, danke!«

Mit dem Schwung im Rücken kündigte ich zum Ende des Jahres die Monatszeitschrift.

Genauso entspannt gehe ich jetzt den anderen Lesestoff an. Neue Bücher gibt es nur noch im Notfall, der höchsten zwei bis drei Mal im Monat eintritt. Ansonsten selektiere ich den Büchervorrat und schreibe jetzt, wie es mir passt. Ob das hundert Tage dauert oder mehr oder weniger, geht nur mich etwas an.

Es soll ja keinen Stress verursachen. Das sage ich mir jeden Tag, wenn ich mir überlege, was heute anliegt. Und wenn ich erst mal Rentner bin, dann wird alles besser. Das sehe ich an meinen Schwiegereltern. Da muss man möglichst vier Wochen vorher einen Termin machen. Ich blicke also ganz entspannten Zeiten entgegen.

MAN MÜSSTE MAL

Es gibt eine faszinierende Angewohnheit bei vielen Menschen und das ist die mit Überzeugung vorgetragene Aussage, man müsste mal. Man müsste mal mehr Sport machen. Man müsste mal anfangen, weniger zu essen. Man müsste mal eingreifen, wenn ein Unrecht geschieht und so weiter.

Ich habe mal in einem Projekt gearbeitet, in dem dieser Spruch des Öfteren kam: Man müsste mal! Ein Kollege hatte darauf immer die passende Antwort. »Wer ist man und wann ist mal?« Der Spruch hat sich bei mir eingeprägt.

Es ist überhaupt interessant, wie oft Menschen von "man" und "mal" sprechen, statt von sich selbst und dem richtigen Zeitpunkt. Man freut sich auf das Wochenende. Man tut dieses oder jenes gern und so weiter. Man bleibt schön unpersönlich.

Aber besonders nett ist eben dieses "man müsste mal". Man müsste mal mehr Sport treiben, sich mehr bewegen. Man müsste mal seinen Schreibtisch aufräumen. Man müsste mal mehr Engagement an den Tag legen. Und so weiter und so fort.

Ich hatte mit dem "man" kein Problem, sondern eher mit dem "mal". Wenn es zum Beispiel um das Aufräumen des Schreibtisches ging oder um meinen Schrank in der Firma. Da müsste ich mal aufräumen, denn der Tag meines Ausscheidens aus der Firma rückte ja näher.

Ich öffnete den Schrank und stellte fest, wie viel sich im Laufe der Jahre angesammelt hatte. Das müsste ich eigentlich mal sichten und vieles konnte vermutlich weggeworfen werden. Das würde ich dann mal machen.

Da tauchte dann ein weiteres Problem auf. Die "Kostbarkeiten", die ich entdeckte, waren so interessant, dass ich mich verzettelte. Da waren Fotos und Berichte, die zwar schon 10 oder 20 Jahre alt waren, aber heute schon nostalgischen Wert besaßen. Außerdem lag dort noch meine Zweitausstattung an Büromaterialien, Dinge von denen ich zuhause schon mehrere Exemplare hatte, wie zum Beispiel Tacker, Locher, Schere, Ordner und so weiter.

Was macht man damit? Man kann doch so einen Tacker nicht wegwerfen, wenn er noch voll funktionsfähig ist. Sämtliche Kinder und andere Familienmitglieder hatten wir schon mit diesen Dingen versorgt. Die winkten bei solchen Anfragen mittlerweile schon ab, bevor wir den Mund aufgemacht hatten.

Also wurden alles in einer Kiste geparkt, die man dann ja mal bei Gelegenheit sichten könnte. Daraus ergab sich natürlich ein weiteres Problem. Der Lagerplatz wurde langsam knapp. Da müsste man die überflüssigen Sachen mal zusammenstellen und zum Recyclinghof bringen. Oder man müsste die Dinge mal online verkaufen. Gute Idee. Das machen wir dann mal!

Wenn ich erst mal Rentner bin, dann mache ich das mal. Genau wie die gesamten Unterlagen sortieren, die Rezeptsammlung sichten und so weiter. Altkleider müsste man auch mal zusammenstellen und wegbringen.

Das wird schön, wenn man das alles mal erledigen kann. Jetzt muss man allerdings mal weiter den Schrank aufräumen. Mal sehen, wann ich das hinbekomme.

KLASSENTREFFEN

Es gibt so eine Veranstaltung, die im Laufe der Jahre immer unangenehmer werden kann. Für manche kann sie aber auch aufbauend sein. Klingt paradox, ist aber so. Die Rede ist von Klassentreffen.

Es kommt zunächst einmal darauf an, wann das erste dieser Treffen stattfindet und wie viele Jahre dann zwischen diesen Zusammenkünften liegen. Wenn das erste Treffen, sagen wir mal, zehn Jahren nach dem Schulabschluss stattfindet, dann geht das ja noch. Die meisten erkennt man auf Anhieb wieder. Manche wirken reifer als zehn Jahre zuvor. Andere scheinen in ihrer Entwicklung stehengeblieben zu sein. Einige sind zu Snobs gereift, prahlen mit ihren Besitztümern wie Eigenheim, schnelles Auto, große Yacht. Dann gibt es die Leute, die Karriere gemacht haben, damit aber nicht prahlen. Der eine oder andere Verlierer ist auch dabei, der aus seinem Leben wenig bis nichts gemacht hat. Aber noch ist ja Zeit.

Man hat sich noch etwas zu erzählen. Die gemeinsamen Schulerlebnisse sind noch einigermaßen frisch. Mit dem einen oder anderen hat man gegebenenfalls auch zwischendurch Kontakt und kann so die Entwicklung verfolgen.

Aber dann werden die Klassentreffen weniger. Dann kommt vielleicht eines nach 30 oder 40 Jahren zustande. Und dann wird es heftig.

Man schaut sich die Versammlung dieser potentiellen Altersheimbewohner an und fängt an zu vergleichen. Wer hat sich noch gut gehalten? Wen erkenne ich überhaupt auf Anhieb wieder? An wem hat der Zahn der Zeit noch heftiger genagt als an mir selbst.

Die Gesprächsthemen haben sich dramatisch verändert. Es geht nicht mehr um Karriere und Besitz, eher um die familiäre Situation. Es wird darüber berichtet, wie oft man inzwischen neu verheiratet ist, was aus den Kindern geworden ist, wie viele Enkelkinder man mittlerweile hat. Fotos werden herumgezeigt und der Wettbewerb "Wer hat das süßeste Enkelkind?" beginnt.

Und dann kippt das Gespräch in die Aufzählung der Krankheiten und Behinderungen. Wer wurde am häufigsten operiert? Wer hat die meisten Arztbesuche? Wer schluckt die meisten Pillen? Wie hoch ist der Grad deiner Behinderung und so weiter? Die Anzahl der Arztbesuche lässt sich unschwer daraus ableiten, wie sicher die ehemaligen Mitschüler(-innen) in die Promiszene eingearbeitet sind.

Schließlich kommt es dann zur ultimativen Frage: Wie lange hast du noch? Wobei damit nicht das Datum des Ablebens, sondern die Restarbeitstage bis zur Rente gemeint sind.

Stolz rufe ich meine Excel-Datei auf und zeige meine Restzeit.

»Boah, dann hast du es ja bald geschafft.«

Mein freudiges Nicken ist die Antwort.

»Und was hast du danach vor?«

»Aufräumen!«

Erwartungsvolles Nicken meines Gesprächspartners gefolgt von einem ungeduldigen: »Und?«

»Bücher schreiben«, verkünde ich stolz.

Mein Gesprächspartner bricht in Gelächter aus. »Bücher schreiben? Du?«

Dieses dumme Grinsen geht mir gehörig auf die Nerven. Hatte der Blödmann nicht eine knappe Vier in Deutsch und macht sich hier über mich lustig?

»Sorry, ich wollte noch mal kurz was mit Klaus besprechen«, beende ich das Gespräch und lasse diesen Idioten sitzen. Als ich mich aufmache, höre ich ihn hinter mir laut verkünden:

»Hier haben wir den kommenden Bestseller-Autor,« gefolgt von einem lauten Gelächter.

Mit hochrotem Kopf hebe ich den Daumen und verkünde selbstbewusst: »So ist es!«

Also, lieber Leser, kauf dieses verdammte Buch und lass mich nicht hängen. Ach so, du hast ja schon! Danke! Bis zum nächsten Klassentreffen muss ich mindestens drei Mal auf der Bestsellerliste auftauchen. Man muss ja Ziele haben und dieser Kulturbanause hat bestimmt keine. Wenn der überhaupt in seinem Leben schon mal ein Buch gelesen hat.

Auf dem Weg nach Hause schreibe ich einen Plot. Gegenstand: Zwei ehemalige Klassenkameraden treffen sich nach Jahren wieder. Der eine, ich, ist ein erfolgreicher Schriftsteller. Der andere hat in seinem Leben nichts hinbekommen und bittet seinen Kameraden, ihm aus der Patsche zu helfen. Welche Patsche das ist, wird mir noch einfallen. Auf jeden Fall ist der Schriftsteller, also ich, der strahlende Held des Buchs. Wenn das kein Bestseller wird!

ICH SCHREIBE EIN BUCH

Ich folgte also meinem Ruf und begann, ein Buch zu schreiben. Das konnte doch nicht so schwer sein. Ich ließ mich dabei von Mark Twain inspirieren, der geschrieben hatte: »Ein Buch zu schreiben ist nicht schwer, man muss nur die falschen Buchstaben weglassen.«

Ich hatte ein Fernstudium absolviert, um zu lernen, wie man Autor wird. Das Ganz zog sich über 18 Monate hin und ich hatte das Studium mit Feuereifer begonnen. Zwischendurch kamen aber immer wieder Wochen, in denen ich mich durchquälte. Es war ein Rundumpaket, aber ich hatte doch nicht vor, Kinderbücher oder Drehbücher zu schreiben. Ich wollte einen Roman schreiben. Was sag ich, ich wollte den Markt mit meinen Romanen überfluten. Da würde dann sicher ein Bestseller dabei sein.

Im November bekam ich dann den Kick. Es gibt eine Veranstaltung, die sich NaNoWriMo nennt. Davon hatte ich in einer meiner Fachzeitschriften gelesen. NaNoWriMon steht für National novel writing in a month. Die Herausforderung ist, innerhalb eines Monats einen Roman mit mindestens 50.000 Wörtern zu produzieren. Das war doch was für mich. So ein kleiner Einstieg, um ein Buch zu starten und auch fertigzustellen. Der Schnitt waren 1.666 Wörter pro Tag.

Ich traf mich mit Gleichgesinnten und las auch im Internet darüber. Da gab es diverse Stimmen, die gestanden, dass sie es im Vorjahr nicht geschafft hatten. Ich konnte nur müde lächeln. Was war schon dabei?

So legte ich los. Ich hatte mir vorher überlegt, worum es gehen sollte. Ein Thriller, der teilweise in Irland und teilweise in Deutschland spielen sollte. Durch ein Tagebuch unserer Irland-Reise hatte ich diverse Information über Irland gespeichert. So sollte es doch ein Klacks sein, einen Roman mit lächerlichen 50.000 Wörtern zu erstellen.

Die ersten Tage liefen wie geschmiert. Eine Statistik zeigte mir, dass ich gut im Rennen lag. Ich baute Puffer auf und stellte fest, dass einige meiner Buddies (also Freunde) deutlich hinterherhinkten. Ich war mit mir zufrieden.

Doch irgendwann wurde die Zeit knapp. Ich stand an manchen Tagen früher auf, um schon mal ein paar Wörter in die Tastatur zu klopfen. Nach der Arbeit ging es weiter.

Tatsächlich war ich am 25. November fertig und hatte die 50.000 Wörter geschafft. Ein Abgleich auf der Homepage, und ich wurde als Sieger gekrönt. Mann, was war ich stolz. Jetzt noch schnell ein Cover basteln und dann konnte der Bestseller auf den Markt.

Das mit dem Cover nahm meine Frau mir ab und bastelte den Titel und meinen Namen auf eines unserer Urlaubsfotos.

Aber dann fiel mir auf, dass vielleicht noch einmal jemand draufschauen sollte, bevor das Werk den Buchmarkt stürmen würde. Auch da half meine Frau tatkräftig. Ich schob ihr die Datei rüber und sie machte sich daran, "leichte" Korrekturen an meinem Manuskript vorzunehmen.

Leichenblass saß ich ihr gegenüber und zuckte bei jedem ihrer Tastendrucke zusammen. Als sie mir die Datei zurückschickte und ich auf das Ergebnis blickte, durchfuhr mich ein eiserner Schreck. Was für ein Gemetzel!

Mir fiel wieder ein, was ich über das Bücherschreiben gelesen hatte. Ein wichtiger Aspekt ist das Überarbeiten. Ich schaute mir das überarbeitete Werk an und dachte nur: Wer hat bloß diesen Mist verzapft? Tippfehler, Wortdoppelungen, Zeichensetzungsfehler, Füllwörter, so weit das Auge reichte. Okay, lieber Büchermarkt, das dauert noch. Mit ein ganz klein bisschen weniger Enthusiasmus machte ich mich daran, mein "Meisterwerk" gründlich zu überarbeiten.

Es sollte noch ein weiteres Jahr dauern, bis mein Werk auf den Markt kam. Als ich es dann beim Surfen im Internet entdeckte, war ich mächtig beeindruckt. Jetzt würde es losgehen mit der neuen Karriere. Oder?

MEIN BUCH VERKAUFT SICH NICHT

Da war es nun also, das Buch, auf das die Leserschaft gewartet hatte. Ich hatte es erst einmal als sogenannter Selfpublisher versucht.

Für alle, die nicht wissen, was das ist, hier eine kurze Erklärung: Mit Selfpublishing verzichtet ein Autor darauf, sich einen Verlag für sein Buch zu suchen. Stattdessen bereitet er alles selbst auf inklusive gedrucktem Buch und ebook. Er hat Provider, die sich darum kümmern, dass das Buch online oder bei Buchhandlungen gekauft werden kann.

Ich dachte wie üblich, selbst ist der Mann und bereitete alles auf. Text, Cover, Klappentext. Ich entschied mich für einen Preis, der nicht zu hoch sein sollte, damit mein Buch wegging wie geschnitten Brot, und schickte es auf die Reise.

Ungeduldig wartete ich auf das Ergebnis. Noch bevor ich ein Exemplar in den Händen hielt, war es bereits auf dem Markt zu bekommen. Ich schwitzte, ob es auch wie geplant aussehen würde, denn es war ja mein erstes Werk. Als es dann endlich eintraf, riss ich die Packung ungeduldig auf und blickte auf das Buch. Das Cover passte schon mal. Ungeduldig pulte ich die Folie ab und sah mir das Innenleben an. Puh, alles okay.

Und so hatte ich es in der Hand. Ein Buch, einen Roman, einen Thriller mit meinem Namen darauf. Toll!

Jetzt war ich gespannt auf die Verkaufsergebnisse. Ich bombardierte meine Familie mit der Info, dass das Buch auf dem Markt wäre, machte Werbung bei Facebook und wartete ungeduldig auf die Verkaufszahlen. Zunächst war nur das gedruckte Buch zu haben. Erst einige Wochen später kam auch das ebook heraus.

Als ich das erste Mal Verkaufszahlen sah, dachte ich, dass ich mir dringend einen Termin beim Augenarzt holen müsste. Es sah aus, als ob vor allem meine Familie das Buch gekauft hätte. Was mich noch mehr erschütterte: Durch den niedrigen Verkaufspreis des Buches hatte ich eine Spanne im einstelligen Bereich. Aber nicht im Eurobereich, sondern im Centbereich.

Ich buchte das als Lehrgeld ab. Als nach einigen Wochen das ebook erschien, war ich versöhnt. Trotz des niedrigen Preises war die Spanne hier deutlich höher. Aber dennoch, von einem Bestseller war ich leider noch weit entfernt.

Doch so leicht lässt sich ein angehender Rentner nicht unterkriegen. Ich versuchte aus den Rückmeldungen herauszubekommen, woran es liegen könnte, und nahm mir das als Erkenntnisse für die Folgebücher zu Herzen. Und wer weiß: Vielleicht gibt es ja den großen Kracher. Nur, wenn ich sehe, wie viele Bücher auf den Markt geworfen werden, stellt sich mir die Frage: Wer kauft mein Buch? Wer findet es überhaupt?

Aber ich bin ja noch jung. Das bekomme ich noch heraus. Und falls nicht, dann habe ich zumindest zuhause eine schöne Sammlung eigener Bücher. Ist doch auch was, oder? Nur nicht verbissen sein! Aber wenn ich schon mal dabei bin: Sie haben hier einen entscheidenden Einfluss. Kaufen Sie einfach das Buch und auch die anderen, mit denen ich geübt habe. Schließlich lesen Sie hier das Buch eines Bestsellerautors in spe, der es eines Tages sein wird! Klar?

HALLO, HERR DINGSBUMS

Es soll ja Menschen geben, die haben einfach kein Namensgedächtnis. Das konnte ich lange Zeit nicht nachvollziehen. Vielleicht lag das aber auch an der begrenzten Anzahl an Personen, mit denen ich persönlichen Kontakt hatte.

In der Schule, bei der Bundeswehr, im Studium war das überhaupt kein Problem. Wenn ich einen Namen draufhatte, dann war der gespeichert, quasi eingebrannt in meine menschliche Festplatte. Ich wurde eher ärgerlich, wenn mich jemand, mit dem ich schon lange Kontakt hatte, fragte: »Wie heißt du noch mal?« Bin ich so ein durchsichtiger Typ, dass der sich meinen Namen nicht merken kann? So unscheinbar?

Wie es so kommt, lernt man im Laufe des Lebens natürlich viele Menschen kennen und manche sieht man nicht mehr so oft oder verliert sie ganz aus den Augen.

Dann gibt es natürlich das Problem der flüchtigen Bekannten und der Menschen ähnlichen Typs. In unserem Haus wohnten über längere Zeit drei oder vier junge Männer, die eine gewisse Ähnlichkeit hatten. Alle waren dunkelhaarig, gutaussehend und ungefähr Ende 20. Ums Verrecken konnte ich mir nicht merken, wer nun wer war. Das änderte sich erst, als einer nach dem anderen auszog und nur noch einer übrig blieb. Endlich wusste ich jedes Mal, wenn ich ihn sah, wie er heißt.

Und dann gibt es eben die Situation, wo man jemanden nach längerer Zeit trifft und sich partout nicht mehr an den Namen erinnern kann. Neulich saß ich in der U-Bahn einer Frau gegenüber, die mich freundlich anlächelte und mich mit meinem Namen ansprach. Ich hatte ehrlich gesagt keinerlei Erinnerung mehr an sie. Erst im Laufe des Gesprächs schwante mir, woher ich die Dame kannte. Es war eine ehemalige Arbeitskollegin, die ich etwa 20 Jahre nicht mehr gesehen hatte. Erst als sie ausstieg, fiel mir auch der Name wieder ein.

Oder ich traf einen Mann, den ich kannte. Irgendwoher. Aber woher bloß? Bei der Anrede vermied ich es, ihn mit Namen anzusprechen. Wie hätte ich es auch machen sollen? Hallo, Herr Dingsbums? Blöd ist nur, wenn derjenige einen mit Namen anspricht. Meine Hoffnung ist immer, dass er sich im Laufe des Gesprächs dann outet, wer er ist, woher wir uns kennen und letztendlich wie er heißt. Das klappt leider äußerst selten. Das ist schon ein wenig peinlich, aber was tut man dagegen? Helfen Knoblauchpillen?

Es ist manchmal wie verhext. Mir entfallen Namen und meistens auf der Toilette fallen sie mir wieder ein. Wenn ich ehrlich bin, verbringe ich ziemlich viel Zeit auf der Toilette. Gerade neulich, als ich wieder Herrn Dingsbums getroffen habe. Auf dem Klo fiel mir ein: Das war doch Herr Müller. Oder Meyer? Irgendwas mit M oder W? Aber so ähnlich auf jeden Fall. Vielleicht treffe ich ihn ja noch mal. Dann bitte ich ihn, mir seine Handynummer aufzuschreiben, gleich mit Namen.

ICH RÄUME AUF

Ich hatte es, glaube ich, an anderer Stelle bereits erwähnt, dass ich super gern aufräume. Man findet dabei so tolle Sachen, die man schon lange vermisst oder komplett vergessen hat.

An den unterschiedlichsten Stellen tauchen Dinge auf, deren Existenz man normalerweise abgestritten hätte. Wo kommt denn das plötzlich her und wem gehört das? Vermutlich mir, aber warum ist das hier und was mache ich damit? Kann man das noch bei ebay verkaufen? Oder sollte ich es wegwerfen? Könnte ich das vielleicht doch noch mal gebrauchen?

Ich habe mal gelesen, dass jeder Mensch im Schnitt 10.000 Dinge besitzt. Wenn ich mir meine Aufbewahrungskisten so anschaue, kommt das wohl hin. Ein Großteil davon sind Kabel: LAN-Kabel, Telefonkabel und vieles mehr. Das Problem ist: In Zeiten von WLAN und kabelloser Übertragung braucht man die eigentlich nicht mehr. Oder jedenfalls nicht so viele. Manche funktionieren auch gar nicht mehr, sind irgendwo gebrochen oder passen zu keinem unserer Geräte.

Dann tauchen plötzlich etwa 10 alte Handys und Smartphones auf. Kann man die einfach wegwerfen? Sind da vielleicht noch Daten drauf? Das muss ich mal bei Gelegenheit überprüfen. Also wandert die Kiste bis zu unserem Wiedersehen bei der nächsten Aufräumaktion in etwa einem Jahr wieder in den Untergrund.

Alte Unterlagen von Seminaren, Projektmitschriften etc. kommen zum Vorschein. Muss ich die aufbewahren? Kann man so etwas einfach ins Altpapier geben? Ich entscheide mich, es vorher zu schreddern? Ehe ich mich versehe, kommt da ein Riesenstapel an Altpapier zusammen. Ich schleppe ihn schwitzend zum Container. Ist doch nur Papier. Warum ist das so schwer?

Mein Blick fällt auf meinen Schreibtisch. Da lag doch eben noch eine Rechnung, die ich noch bezahlen muss. Ob die mit im Altpapier …? Ich traue mich nicht, den Gedanken zu Ende zu denken. Wieder hin zum Container. Kopfüber wühle ich in dem Stapel, aber es ist hoffnungslos. Ich gehe zurück in mein Arbeitszimmer. Was liegt da auf dem Boden? Die Rechnung. Ich habe beim Aufräumen so einen Wind gemacht, dass sie zu Boden geweht ist.

Erleichtert hebe ich sie auf, lege sie auf den Schreibtisch. Jetzt brauche ich erst mal einen Kaffee. Den habe ich mir nach dieser Anstrengung verdient. Und morgen räume ich weiter. Oder übermorgen? Vielleicht auch erst nächste Woche. Aber dann ganz bestimmt. Da nehme ich mir die nächsten 25 Körbe vor. Man muss das in kleinen Etappen machen, sonst frustriert es einen. Für heute bin ich mit mir zufrieden.

Außerdem habe ich Zeit. Ich bin ja noch jung. Und wenn ich erst mal in Rente bin, dann …

WEITERBILDUNG

Weiterbildung ist wichtig, auch und gerade im Alter, damit man geistig fit bleibt. Diese Erkenntnis war mir natürlich nicht neu. Ich wollte nicht zu spät mit dem Gehirnjogging starten, also begann ich bereits im Vorgriff auf die Rente, Weiterbildungsmöglichkeiten zu sichten.

Zunächst einmal wollte ich meine Sprachkenntnisse verbessern beziehungsweise erweitern. Aus dem Grund orderte ich Zeitschriften auf Englisch, sah mir Filme im englischen Originalton und deutschen Untertiteln an und versuchte, regelmäßig Englisch zu sprechen.

Dann habe ich einen Türkisch-Kurs besucht, um diese Sprache zu lernen und unsere türkischen Mitbewohner besser zu verstehen. Schließlich besorgte ich meiner Frau einen Dänisch-Sprachkurs, da wir regelmäßig in Dänemark Urlaub machten, und ich hoffte, mich mit den dortigen Eingeborenen in ihrer Landessprache unterhalten zu können.

Nun gut, aus Zeitgründen musste ich Projekt 2, Türkisch, abbrechen und Projekt 3, Dänisch, auf unbestimmte Zeit verschieben. Projekt 1 absolvierte ich teilweise nebenher, zumindest das mit den Filmen klappte aber ganz gut, quasi als Erholung nach einem für meine Frau anstrengenden Arbeitstag.

Zuhause haben wir ein Klavier, denn Frau und Söhne können Klavierspielen. Ich leider nicht. Also nahm ich mir vor, es zu lernen. Aus Zeitgründen musste ich das allerdings auf die Zeit nach meinem Rentenbeginn verschieben.

Blieben also noch diverse Schreibschulen, die aus mir als gutem Schriftsteller einen Bestsellerautor machen würden. Ich informierte mich ausgiebig über das unübersichtliche Angebot, um festzustellen, dass ich, wenn ich das alles machen würde, gar keine Zeit mehr zum Schreiben hätte.

Also entschloss ich mich letztendlich, das Ganze bis zum Eintritt in das Rentenalter entspannt anzugehen, regelmäßig Rätsel und Sudokus zu lösen und einfach zu lesen, was spannend und interessant war. Als erstes besserte ich meine Latein-Kenntnisse auf, indem ich mich durch unsere Sammlung an Asterix-Heften arbeitete.

Danach konnte ich mit meinen aufgefrischten Latein-Kenntnissen im Brustton der Überzeugung verkünden: Alea iacta est!

SHOPPING

Bei manchen Vorlieben teilt sich die Menschheit in zwei Gruppen. Das trifft zum Beispiel auf das Thema Shopping zu. Manche lieben es, machen es so oft es geht und blühen dabei auf. Wenn sie sich etwas Gutes tun wollen, gehen sie shoppen. Stundenlang. Probieren Kleidung aus, kaufen Schuhe, das fünfzigste Paar, wobei man sich fragt, wann sie die anziehen.

Dann gibt es Menschen, die das Shoppen einfach nur hassen. Dazu gehöre ich. Ich kann dem nichts abgewinnen. Wenn ich mir eine Hose kaufe, dann probiere ich maximal zwei oder drei an und kaufe zwei davon. Dann habe ich erst einmal meine Ruhe. Besonders nervig ist shoppen im Winter. Man kommt dick eingepackt aus der Kälte, betritt den völlig überhitzten Laden und fängt sofort an zu schwitzen. Zum Anprobieren muss man ja etwas loswerden von seiner Kleidung. Jacke aus, Schuhe aus, Hose aus. Reinschlüpfen in die potenzielle Neuerwerbung. Geschafft!

Von wegen. Dann müssen die Schuhe wieder angezogen werden, weil man ja prüfen muss, ob die Hose nicht zu lang oder zu kurz ist. Die erste Hose ist zu weit. Also eine Nummer kleiner. Welche Nummer war das noch mal? 33/34 oder umgekehrt.

Die Frau tigert los, um eine Nummer kleiner zu holen. Ist nicht da. Also ein anderee Modell probieren. Das ist zu eng. Wieder los. Die nächste Hose ist wieder zu eng, dafür sind die Beine so lang, dass ich auf die Strümpfe verzichten könnte.

Heute wird das nichts mit dem Schnitt drei Hosen probieren und zwei kaufen. Der Schweiß läuft in Strömen. Berge von Hosen stapeln sich in der Umkleidekabine. Da, endlich. Die Hose wirft zwar ein paar Falten, aber passt ansonsten.

Nein, die Frau sagt, die Hose sähe unmöglich aus. Ich könnte ja auch im Internet bestellen. Aber dann muss man alles zurückschicken, was nicht passt. Also lassen wir alle Hosen zurückbringen. Ich schlüpfe wieder in meine alten Sachen, und wir verlassen den Laden. Gehen wir doch noch mal in ein anderes Geschäft.

Zum Glück ist mein mir angetrautes Weib auch nicht shoppingbegeistert. Als wir dann endlich fündig werden, sind wir beide froh. Bloß raus aus dem Laden, triumphierend mit der Tüte in der Hand. Und jetzt schnell nach Hause.

Zuhause angekommen sinken wir beide erschöpft in das Sofa und seufzen. Endlich geschafft. Müde schaffen wir es nicht mal mehr, uns einen Kaffee zu kochen.

Die nächste Shoppingtour macht meine Frau dann allein. Zum Glück gibt es Smartphones. So macht sie bei jedem Stück, das sie anprobiert ein Selfie und wartet auf mein Urteil. Ja, nein, geht so, vielleicht. Shopping kann ja so entspannend sein. Genüsslich schlürfe ich meinen Kaffee, strecke die Beine aus und warte auf die Rückkehr meiner Shoppingqueen, die nicht lange auf sich warten lässt, denn auch sie hält Einkaufsbummel so kurz wie möglich.

Ich koche meiner erschöpften Frau nach der Anstrengung erst mal einen Tee. Es ist immer gut, sie zu verwöhnen, sonst muss ich beim nächsten Mal wieder mit. Ach, ich liebe Fern-Shopping.

BAHN FAHREN – THANK YOU FOR CHOOSING

Als Schwerbehindertenausweis hat man ja den Vorteil, relativ günstig Bahn fahren zu können. Gegen einen gewissen jährlichen Obulus stehen mir alle Regionalzüge und öffentliche Verkehrsmittel zur Verfügung.

So nahm ich mir vor, dieses Angebot ausgiebig zu nutzen, wenn ich denn erst mal Rentner bin. Unter anderem wollte ich auf diesem Weg für meine Romane recherchieren. Auch während meiner Berufstätigkeit war ich viel mit der Bahn unterwegs.

Im hohen Norden ist es bekannterweise manchmal recht stürmisch. Der Hamburger sagt dazu: »Ein büschen Wind.« Die Bahn hatte früher immer mit ihrer Unabhängigkeit vom Wetter geworben. Komischerweise hat sie den Werbespruch irgendwann aufgegeben. Vermutlich liegt das an den vier natürlichen Feinden der Bahn: Frühling, Sommer, Herbst und Winter.

Auch im Herbst 2017 hatten einige Bäume beschlossen, sich auf den Schienen querzulegen. Das hatte zur Folge, dass tageweise der gesamte Bahnbetrieb stillgelegt wurde.

Nach dem dritten oder vierten derartigen Sturm war ich der Überzeugung, dass nun wohl alle Bäume, die noch standen, standfest waren. So bestieg ich den Zug in Richtung Frankfurt in dem festen Glauben, mein Ziel ungestört erreichen könnte. Doch leider kam kurz vor Hannover die Durchsage, dass die Strecke kurzzeitig gesperrt wäre und sich die Weiterfahrt etwas verzögern würde. Nach "kurzer" Zeit, etwa 20 Minuten später, kam die Meldung, dass die Sperrung wohl länger dauern würde und man einen anderen Weg nehmen müsse. Leider war unser Zug nicht als einziger davon betroffen, daher würde es etwas länger dauern.

Irgendwann erreichten wir Hannover mit einer "geringen" Verspätung von etwa 45 Minuten. Aber nun war das Hindernis ja überwunden. Dachte ich. Bis Göttingen. Wir erreichten Göttingen mit etwa 55 Minuten Verspätung. Und wir hielten dort. Und hielten. Nach weiteren 15 Minuten kam die Durchsage, man habe eine Signalstörung und würde versuchen, den Fehler zu finden.

Ich dachte nur: *Was macht Ihr, wenn Ihr den gefunden habt? Fotos fürs Album? Aufnahme ins Handbuch.* Aber ich wurde Lügen gestraft. Man fand ihn und man behob ihn. Ob sie ihn fotografiert haben, wurde nicht mitgeteilt.

Okay, die weitere Fahrt verlief ohne größere Verzögerungen. Nur der Zugbegleiter hatte jede Menge zu tun, den Fahrgästen mitzuteilen, welche Anschlusszüge sie alle nicht erreichen würden. Aber jedes Mal kam nach der Ansage der nette Satz: »Thank you for choosing Deutsche Bahn today.«

Ist doch schön, wenn sich die Leute dafür bedanken, dass man so lange bei ihnen geblieben ist. Ich brauche mir also für meine Reisen als Rentner keine Gedanken zu machen. Langweilig wird es bestimmt nicht. »Thank you, Deutsche Bahn.«

PAKET-ANNAHME-AUßENSTELLE

Schon als noch nicht Rentner war ich viel zuhause, da ich oft von hier gearbeitet habe. Wir wohnen in einem Haus mit 17 Parteien. Fast alle sind berufstätig und damit tagsüber nicht daheim. Eben nur ich allein im Haus.

Das hat sich bei den Paketzustellern relativ schnell herumgesprochen. So kam es, dass ich beinahe täglich Besuch von mindestens einem der zahlreichen Paketzusteller bekam, der dann bei mir die gesammelten Bestellungen meiner Mitbewohner ablud.

Zwischendurch hatte ich schon den Eindruck, dass er gar nicht mehr bei den tatsächlichen Empfängern, sondern direkt bei mir geklingelt hat.

Ich hätte mit den Leuten beinahe persönliche Beziehungen aufbauen können, da wir uns ja täglich sahen. Allerdings wechselten die Zusteller doch hin und wieder. Was alle gemeinsam hatten, waren die Sprachbarrieren. Viele der Paketboten waren der deutschen Sprache nicht besonders mächtig. Außer »Entschuldigung, Paket für Nachbar« kam da selten etwas rüber. Problematisch wurde es, wenn ich aus bestimmten Gründen einmal Pakete nicht annehmen konnte. Dann benötigte ich Hände und Füße, um meinem Gesprächspartner, der mich aus relativ verständnislosen Augen ansah, zu erklären, dass es heute ungünstig wäre, weil ich in Kürze für ein paar Tage nicht zuhause sein würde.

Aber das spielte sich ein. Ebenso wie das kunstvolle Stapeln der gesammelten Bestellungen meiner kompletten Nachbarschaft. Ich muss gestehen, dass manchmal der Lagerplatz in meiner Wohnung knapp wurde.

Das Positive an dieser Aktion war, praktisch jeden meiner Nachbarn persönlich kennenzulernen. Dass auch meine Nachbarn mich als Außenstelle der Post sahen, merkte ich daran, dass der eine oder andere mir die Benachrichtigungskarte des Lieferdienstes überreichen wollte. Hätte ich die bei mir abheften sollen?

Alles in allem gab es mir das schöne Gefühl, gebraucht zu werden. Was wünscht man sich mehr in Anbetracht des nahenden Ruhestands und der damit fehlenden Anerkennung meiner beruflichen Leistung. Doch was sage ich? Die bekomme ich ja von meiner kompletten Leserschaft für mein Buch. Von allen dreien wurde ich gelobt. Oder waren es vier? Naja, auf jeden Fall ganz schön viele.

Vielen Dank, ihr Paketlieferdienste. Ihr habt mein Leben bereichert und ihm einen neuen Sinn gegeben. Vielleicht baue ich im Flur noch ein größeres Regal, falls ich in naher Zukunft auch die Pakete der Nachbarhäuser geliefert bekomme. Da kann ich dann meinen Bekanntheitsgrad weiter steigern und wer weiß, vielleicht kauft ja einer der Nachbarn mein Buch. Meine Leserschaft wird quasi explodieren. Super!

WEIHNACHTEN

Nicht nur das Altwerden schleicht sich an wie Weihnachten. Weihnachten selbst tut das auch. Und das fängt bereits Ende August oder Anfang September an, wenn die Schokoladen-Weihnachtsmänner und die Lebkuchenherzen in den Supermärkten vor sich hin schwitzen. Oder die Spekulatius-Kekse den angenehmen Geruch von Weihnachten in die spätsommerliche Atmosphäre verströmen.

Dann vernimmt man die leise Stimme: »Schon jetzt an Weihnachten denken«. Ach, eben hatte ich doch noch Sonnenmilch auf den Händen bzw. im Gesicht und bin im T-Shirt durch den sommerlichen Sturzregen gewandert. Ja, ist denn schon wieder Weihnachten?

In unserer reizüberfluteten Welt nimmt man diese Weihnachtsdrohung erst einmal nicht ernst und konzentriert sich auf Halloween und die Martinsgans.

Irgendwann kommt dann die alljährlich unvermeidliche Frage: »Was wünscht du dir zu Weihnachten?«

Gute Frage. Mir fällt es jedes Jahr schwerer, diese Frage zu beantworten. Meine 20 Kochbücher fühlen sich wohl in meinem Regal und sind sich selbst genug. Mein Bücherschrank weist schon seit einiger Zeit Kapazitätsprobleme auf. DVDs liegen im Sterben seit es Online-Streamings gibt und mein Laptop schon gar kein entsprechendes Laufwerk mehr hat. Exotische Wünsche wie Fechtanzüge, ein Ferrari oder ein Billardtisch verbieten sich aus unterschiedlichen Gründen. Was also kann man sich noch wünschen?

Ein Deal mit den Schenkern nach dem Motto »Wir schenken uns einfach mal nichts« funktioniert auch nicht. Denn zum einen kann man dem anderen nicht trauen, dass er Heiligabend nicht doch etwas aus dem Hut zaubert. Zum anderen gehört für die meisten das Schenken zu Weihnachten einfach dazu.

Die Recherche wie beim Geburtstag nach Geschenken für Männer wird wegen Einfallslosigkeit ebenfalls verworfen. Und es stellt sich das zweite Problem. Was verschenke ich selbst? Die Frage »Was wünscht du dir zu Weihnachten« finde ich ja selbst blöd. Ist der andere so ein flacher Charakter, dass mir für ihn nichts einfällt? Den Vorwurf habe ich bei der Frage schon mal an den Kopf geworfen bekommen.

Also quäle ich mich mit diesen zwei Problemen. Und parallel dazu schleicht sich Weihnachten auf leisen Sohlen an, zwischen Weihnachtsmännern, Zimtsternen und Pfefferkuchen.

Vier Mal ist Advent. Wie jeder weiß, heißt Advent Ankunft. Was nicht ankommt, sind Geschenkeideen. Ich schwitze. Vielleicht wäre ein Deodorant ein geeignetes Geschenk. Zu billig! Oder ein großes Handtuch, um den Schweiß abzuwischen. Auch nicht.

Na gut, ich habe ja noch einige wenige Tage Zeit, mir etwas zu überlegen. Wenn ich erst mal in Rente bin, werde ich eine große Geschenkeliste erstellen. Die ziehe ich dann zu Rate. Wofür so ein Rentnerdasein doch alles gut ist.

Da fällt mir ein: Als Rentner ist man ja sehr beschäftigt. Vielleicht wäre da ein Terminkalender ein geeignetes Geschenk. Mit Großdruck! Cool, das ist es!

DAS HABE ICH DOCH GLATT VERGESSEN

Man behauptet gerne, dass Menschen im Laufe der Jahre immer vergesslicher werden. Ich glaube das nicht.

Es gibt junge Menschen, die vergesslich sind. Zum Beispiel, wenn die Mutter sie auffordert, ihr Zimmer aufzuräumen. Dann kommt als Antwort: »Ja, das mache ich nachher.« Nachher aber wird das dann gern "vergessen". Ist natürlich völlig unabsichtlich. So etwas passiert halt.

Der Lehrer fragt nach den Hausaufgaben, die die Schüler dann leider völlig vergessen haben. Das kann ja mal passieren.

Andererseits gibt es ältere Menschen, die vergessen nie etwas. Eine zwanzig, dreißig, vierzig Jahre alte Beleidigung bleibt unvergessen.

Ich gehöre zum Glück zu den Menschen, die wenig vergessen und überhaupt nicht nachtragend sind. Wenn mir zum Beispiel jemand auf die Füße tritt, dann trete ich zurück, aber danach ist die Sache für mich abgehakt. Es sei denn, derjenige tritt mir noch mal auf die Füße. Dann zahle ich es ihm doppelt heim, denn er hat ja schon mal. ...

Das kann man doch nicht auf sich sitzen lassen. Da bin ich konsequent. Nein, das stimmt natürlich nicht. Im Normalfall sage ich: »Macht nichts. Ich habe ja noch einen Fuß!«

Aber wenn meine Frau mir etwas erzählt oder mich um etwas bittet, dann vergesse ich das auf keinen Fall. Manchmal gibt es etwas viel zu behalten, aber ich bemühe mich, nichts zu vergessen. Schließlich bin ich ja nicht vergesslich.

Es gibt höchstens kleine Schwächen. »Hast du die Kaffeemaschine ausgemacht?« Klar, habe ich das. Unauffällig gehe ich noch mal in die Küche, um die selbstbewusste Aussage noch ein letztes Mal zu überprüfen. Da stehe ich dann und überlege, was ich eigentlich dort wollte. Was für eine Lampe brennt da? Ach, richtig, die Kaffeemaschine. Die mache ich dann am besten mal aus.

»Kannst du mir von Einkaufen noch dieses und jenes mitbringen?« Natürlich. Dann stehe ich vor den Regalen und überlege: Was war das noch mal? Ach richtig, jenes. Aber was war noch mal dieses?

»Hast du alles bekommen?«

Antwort: »Nicht ganz.« Ich packe aus.

»Ach, hast du dieses nicht bekommen?«

»Nein!« Ich muss ja nicht erklären, dass ich dieses nicht mehr wusste. Ich biete an, noch mal zu einem anderen Supermarkt zu gehen, um dieses zu besorgen, aber so viel Umstände muss ich mir nicht machen. Ist meine Frau nicht nett?

Ich habe jetzt auf meiner Todo-Liste ergänzt, dass ich mir eine Einkaufs-App besorgen, um das Problem aus der Welt zu schaffen.

Aber von diesen kleinen Schwächen abgesehen, vergesse ich nichts. Ich kann mir Sketche von Loriot oder Heinz Erhard wortgetreu merken und wiedergeben. Also bei den ganz wichtigen Dingen bin ich voll da. Im Übrigen, was wollte ich noch schreiben? Ist mir gerade entfallen, aber in irgendeinem der nächsten Kapitel wird es mir schon wieder einfallen.

Aber irgendwie habe ich das Gefühl, dass ich das alles schon mal erzählt habe, oder? Ich blättere zurück in meinem Manuskript. Stimmt, da war doch was. Aber bei NaNoWriMo braucht man ja 50.000 Wörter für seinen Roman, also bleibt das jetzt drin. Wofür war das noch mal? Keine Ahnung. Kannst du, lieber Leser, mich noch mal daran erinnern? Dann schreib mir doch eine Mail. Meine Mailadresse? Oh Mist, die habe ich gerade vergessen. Schau halt ins Impressum. Das steht irgendwo im Buch. Vorne oder hinten. Guck einfach nach.

WOCHENENDE

Irgendwie sind die Wochen komisch eingeteilt. Das Ungleichgewicht von 2 zu 5 finde ich ungerecht. Zumal es doch auch so ist, dass die beiden Tage am Wochenende viel weniger Stunden haben als die anderen fünf. Oder täusche ich mich da?

Ich kenne das von vielen Menschen. Man schleppt sich so durch die Woche mit frühem Aufstehen, quälend langen Arbeitsstunden, freut sich aufs Wochenende und das hat kaum angefangen, da ist es auch schon wieder vorbei.

Der Montag ist besonders schlimm. Die Aussicht, jetzt fünf Tage am Stück etwas tun zu müssen, ohne ausschlafen zu können, ist grausam. Am Dienstag ist es auch nicht viel besser. Der Schock vom Montag sitzt noch tief und auch wenn schon ein Tag geschafft ist, bleibt noch ganz schön viel Restwoche über.

Mittwochmittag ist Bergfest. Die Hälfte ist rum, eine erste Aufmunterung. Donnerstag erträgt man noch so und Freitag steigt die Vorfreude auf das Wochenende, das vor einem liegt.

Leider ist das Wochenende auch nicht ganz ohne Verpflichtungen. Einkaufen, Aufräumen, Freunde treffen. Upps, lieber Lektor, den letzten Punkt der Aufzählung lieber streichen. (Anmerkung des Lektors: Auf keinen Fall. Gesagt ist gesagt.)

Doch die Zeit am Wochenende rast. Kaum hat man die Augen aufgeschlagen, ist schon Mittagszeit. Beim Einkaufen steppt der Bär. Können die Leute nicht in der

Woche abends einkaufen? Müssen die alle samstags los? Vor allem die Rentner?

An der Kasse wird überlegt. Welche Schlange ist länger? Welche Kassiererin, welcher Kassierer macht den fittesten Eindruck? Mist, Kasse 2 geht doch schneller voran. Jetzt zu wechseln macht aber keinen Sinn mehr.

Schnell nach Hause, die Einkäufe verstauen, dann noch kurz die Wohnung aufräumen und putzen. Und dann wartet das freie Wochenende auf mich. Okay, kochen müssen wir noch, anschließend abräumen, Geschirrspüler füllen, aber dann.

Es wird schon dunkel draußen. Hab ich es doch gesagt: Die Stunden am Wochenende sind kürzer. Ich liege auf dem Sofa und mir fällt ein: Die Hälfte des Wochenendes ist schon wieder vorbei. Wochenend-Mittwoch sozusagen.

Nach dem Abendbrot und einer Entspannung vor dem Fernseher geht es ins Bett. Dort überlege ich: Morgen ist zwar noch frei, aber die nächste Woche steht schon wieder drohend am Horizont.

Ich wache auf. Es ist schon hell. Aber ich kann noch liegen bleiben. Herrlich, Wochenende. Das ist doch etwas, worauf man sich die ganze Woche über freut. Nur diese Ungleichverteilung. Zwei zu fünf! Wie ungerecht.

Da fällt es mir ein. Wenn ich Rentner bin, dann muss ich ja nicht mehr arbeiten. Cool. Dann ist diese Ungerechtigkeit beseitigt.

Aber: Dann habe ich gar kein richtiges Wochenende mehr. Worauf kann ich mich dann noch freuen? Traurig sinke ich in meine Kissen.

Meine Frau streicht mir über den Kopf. »Was ist, du siehst so traurig aus?«

Ich erzähle ihr, was mir gerade eingefallen ist. Lächelnd sieht sie mich an und sagt nur:

»Deine Sorgen möchte ich haben. Ich muss noch ein paar Jahre.«

Stimmt! Und so schlimm ist das ja auch nicht, dass ich selbst keine Wochenenden mehr habe. Meiner Frau gönne ich das von Herzen. Sie muss doch auch etwas haben, worauf sie sich freut. Und wenn es nur ist, morgens noch im Bett liegen bleiben zu können. Ach, wie herrlich sind Wochenenden, auch für Rentner.

Zufrieden sinke ich in meine Kissen zurück. Und eigentlich stimmt es ja gar nicht. Wenn ich erst einmal in Rente bin, dann habe ich immer Wochenende. Aber ich nutze die anders als die anderen. Ich gehe einfach in der Woche einkaufen. Dann stoße ich nicht mit dem Einkaufswagen anderer Rentner zusammen. Ja, so mache ich das.

SPRACHBARRIEREN

Was den Menschen aus vielen Lebewesen heraushebt, ist die Fähigkeit, miteinander über alle möglichen Themen kommunizieren zu können. Natürlich gibt es da die Sprachbarriere zwischen Menschen unterschiedlicher Nationen, wobei man sich mit sehr vielen auf Englisch unterhalten kann, wenn man es denn beherrscht. So weit so klar.

Dann gibt es aber eine andere Art von Sprachbarriere, Alter. Weißt du? Ja, genau. Zum einen gibt es die jungen, aufstrebenden Männer, die jeden Satz mit "Alter" oder "weißt du" beenden. Zumindest weiß man meistens, was sie sagen wollen, wobei diese Anhänge nicht unbedingt einem bestimmten Zweck dienen.

Dann gibt es die verschiedenen Dialekte. Wenn sich beispielsweise Bayern oder Sachsen untereinander in ihrer jeweiligen Landessprache unterhalten, gerüchteweise soll das auch Deutsch sein, dann wird es mit der Verständigung problematisch. Wenn diese Leute dann behaupten, Hochdeutsch zu sprechen, dann ist das für uns Norddeutsche etwas überraschend. Ich lasse sie halt in dem Glauben.

Womit ein Mensch in der zweiten Lebenshälfte zu kämpfen hat, ist dann noch eine andere Herausforderung. Da wird man mit Begriffen konfrontiert, deren Bedeutung sich einem nicht sofort erschließt. Seit einigen Jahren wird das Jugendwort des Jahres bestimmt.

Hier ein paar Beispiele mit dem Versuch, diese in gängige Sprache fortgeschrittener Semester zu überführen.

Wer weiß zum Beispiel was "Gammelfleischparty" bedeutet? Richtig, wir kennen das vielleicht als Ü30-Party, also eine eventuell mit Musik, vor allem aber mit Alkohol stattfindende Veranstaltung für Personen fortgeschrittenen Alters von 30 oder mehr.

Nett ist auch die "Bildschirmbräune", also die Blässe von Menschen, die vorwiegend am Computer sitzen.

Wenn ich das so schreibe, dann fühle ich mich ein wenig "unterhopft", das heißt, ich hätte Lust auf ein Bier. Ich könnte natürlich auch "hartzen", heißt, arbeitslos zu sein und von Hartz 4 zu leben.

Wie man merkt, läuft hier gerade ein sogenannter "Niveaulimbo", bedeutet: das Niveau sinkt ständig, was vornehmlich für langweilige Partys mit Null Unterhaltungswert gilt.

Sofern ich jetzt beispielsweise mein Buch von jemandem anderen abschreiben würde, wäre das kein Plagiat, sondern ich würde einfach "guttenbergen".

Das mache ich natürlich nicht. Ich nutze meine Chance, denn "Yolo", was bedeutet: You only live once. Läuft bei dir, oder?

Oder "merkelst" du etwa? Heißt also, regieren, ohne Entscheidungen zu treffen. Beziehungsweise willst du lieber "rumoxidieren", also chillen oder abhängen.

Man kann natürlich auch "fly sein", also total abgehen. Weißt du, Alter?

Ja, da schnallt man als rüstiger Endfünfziger doch ab und wundert sich, welche Wortschöpfungen es so gibt.

Zu guter Letzt bin ich die letzten Tage beinahe mit "Smombies", das ist eine Zusammenfassung von

Smartphone und Zombie, zusammengestoßen. Jeder ist bestimmt schon solchen Menschen begegnet, die ihre Umwelt gar nicht mehr wahrnehmen, einem auf dem Gehweg entgegenkommen. Wenn man selbst nicht geistesgegenwärtig von seinem Smartphone hochschauen würde, gäbe es mit Sicherheit einen Zusammenstoß. Das ist auch für Autofahrer stets eine prickelnde Erfahrung, wenn sie nichtsahnend mit 60 oder 70 km/h durch die verkehrsberuhigte Zone fahren und ihnen plötzlich ein Smombie auf der Windschutzscheibe klebt. Da kann man nur hoffen, dass alles heil bleibt. Aber viele Smartphones haben ja schon bruchsicheres Glas.

Tja, das war ein kleiner Ausflug in die Welt der Jugendsprache. Auf diese Art der Kommunikation werden wir uns einstellen müssen inklusive der vielen Abkürzungen, die uns per WhatsApp oder wie auch immer zufliegen. Man kommt vllt, man lol, um nur zwei Beispiele zu nennen.

Das ist die Zukunft unserer Sprache. Woher ich das weiß? Isso! (3. Platz bei den Jugendworten 2016. Steht für: es ist so). Man könnte es auch als Abkürzung nehmen für: Ich schrei sonst! Weißt du, Alter?

ALTERSSTARRSINN

Es gibt Behauptungen, die man einfach nicht so stehenlassen kann. Eine davon ist die, dass alte Leute starrsinnig sind. Das ist, finde ich, eine absolut indiskutable Behauptung.

Ich habe das schon früher beobachtet und kann sagen: In den meisten Fällen stimmt das nicht. Viele Ältere haben nur einfach recht, wenn man mit ihnen diskutiert. Außer sie haben unrecht, dann ist das natürlich etwas anderes. Man muss dann nur aufpassen, wie man es ihnen vermittelt. Es kann dann passieren, dass sie böse werden. Aber ist das Altersstarrsinn, wenn sie behaupten: »Das habe ich nie gesagt!«

Man hat das meistens ja nicht schriftlich und in den wenigsten Fällen einen Live-Mitschnitt des Gesprächs. Und selbst wenn, wie soll man beweisen, dass die Stimme auf der Aufnahme tatsächlich der Person gehört?

Manchmal gilt ja auch der Satz: Was interessiert mich mein Geschwätz von gestern. Wobei ich gestehen muss, dass auch ich mich nicht mehr an alle Aussagen erinnern kann, die ich gestern oder vorgestern oder vor einer Stunde getätigt haben soll. Meistens stimmt es ja auch gar nicht, dass ich bestimmte Behauptungen je gesagt habe, wie zum Beispiel die Ankündigung, ab jetzt jede Woche zum Sport zu gehen. Wenn mir solche Aussagen unterstellt werden, dann kann es schon passieren, dass ich ein kleines bisschen böse werde. Aber starrsinnig bin ich nicht.

Das war genauso bei einem früheren Chef. Er hatte feste Überzeugungen. Sehr feste. Zu denen er stand. Felsenfest. Aber nicht starrsinnig. Wir trafen uns sehr oft zu einem Meinungsaustausch. Meinungsaustausch bedeutete, dass ich mit meiner Meinung zu ihm ging und mit seiner Meinung wieder herauskam. Ganz harmonisch. Nur wenn ich ihn an gewisse Zugeständnisse mir gegenüber erinnerte, dann wurde er ein klein wenig ungehalten. Aber er hatte auch so viel im Kopf, da konnte er sich natürlich nicht an alles erinnern.

An anderen Tagen war er völlig offen für neue Ideen, wobei es ihm geschickt gelang, diese als eigene zu adaptieren. Dieser Chef war und ist für mich ein wahres Vorbild: Alles Wichtige aussortieren und den Rest vergessen. Und wenn einen jemand daran erinnern will, einfach sagen: »Das haben wir nie besprochen.« Also völlig klar: Starrsinnig bin ich nicht. Oder? Widerspruch zwecklos.

KLATSCH UND TRATSCH

Das ist auch so ein Klischee. Gerade bei älteren Leuten wären Klatsch und Tratsch weit verbreitet, denn sie erleben ja nicht mehr so viel. Da sitzen sie dann in ihrer Wohnung, schauen aus dem Fenster, beobachten die Nachbarn und erfinden Geschichten.

Ich gehöre ja noch nicht zu den älteren Menschen, nur ein wenig, aber so etwas mache ich sowieso nicht. Da ich im fünften Stock wohne und von den Nachbarn ohnehin nichts mitbekomme, bietet sich das bei mir auch nicht an. Abgesehen davon wäre das aber auch einfach unter meinem Niveau.

Es lässt sich natürlich manchmal trotzdem nicht vermeiden, dass man das eine oder andere mitbekommt, aber ich erzähle trotzdem nicht gleich jedem, dass die junge Frau unter uns anscheinend einen neuen Freund hat, oder dass bei einem Pärchen, das im ersten Stock wohnt, plötzlich ein Namensschild fehlt. Was geht mich das an?

Nein, Klatsch und Tratsch ist nicht meine Sache. Das hat mich schon früher bei meiner Oma genervt, wenn sie stundenlang über das Intimleben von Leuten berichtet hat, die ich zum einen gar nicht kannte, die mir zum anderen völlig egal waren.

Aber es scheint ja Leute zu geben, die sich für so etwas interessieren. Wer sonst kauft all diese Zeitungen, in denen über allen möglichen Klatsch der sogenannten Prominenten berichtet wird. Der Prinz von Hintertupfingen hat eine neue Geliebte und schießt seine ehemalige Freundin in den Wind. Toll, wen interessiert's? Der Hund des amerikanischen Präsidenten hat Schnupfen. Das sind Neuigkeiten, die die Welt bewegen.

Ich mache das ganz anders. Ich setze mich in die Bahn oder stelle mich an eine belebte Stelle, beobachte Menschen und erfinde Geschichten, die ich dann in meinen Büchern verarbeite.

Heute Morgen habe ich wieder beobachtet. Ich stand eine halbe Stunde vor dem Spiegel. Und was soll ich sagen? Mir fiel spontan eine Geschichte über einen attraktiven Endfünfziger ein, der beschlossen hat, die Welt von allem Klatsch und Tratsch zu befreien. Wie er das macht? Zunächst einmal stürmt er alle Arztpraxen und tauscht die Klatschzeitschriften gegen anspruchsvolle Literatur. Anschließend knöpft er sich alle neugierigen Menschen vor und löscht ihre gespeicherten Informationen über ihre Nachbarn und ersetzt sie durch die neuesten Bundesliga-Ergebnisse. Coole Story, oder?

HOCHZEITSFEIERN

Woran merkt man, dass man jung ist? Man wird sehr oft zu Hochzeitsfeiern eingeladen, zumindest wenn man viele Freunde hat und nicht völlig unsympathisch ist.

Man merkt, dass man langsam älter wird, wenn man hin und wieder zu Silberhochzeiten von Freunden eingeladen wird. Hier gilt das mit dem Sympathischen ebenso.

Und Quizfrage: Wann ist man alt? Richtig, wenn man öfter zu goldenen Hochzeiten eingeladen wird. Dadurch, dass die Lebenserwartung kontinuierlich steigt, kommt das heutzutage häufiger vor, wenn nicht die Ehe vorher auseinandergegangen ist.

Wir hatten Glück. Wir wurden zu einer Silberhochzeit eingeladen, gehörten also noch nicht zur Kategorie 3. Vor ein paar Jahren waren wir zur Goldenen Hochzeit meiner Schwiegereltern eingeladen, aber das zählt nicht. Da liegen doch noch ein paar Jahre zwischen ihnen und uns.

Zurück zur Silberhochzeit. Es war eine lustige Runde und der Bräutigam betonte immer wieder, wie sehr er sich doch über die Zweisamkeit mit seiner Frau freue. Allerdings hatten sie diese nur selten, denn die Kinder, eigentlich schon ausgezogen, hatten doch einen unwiderstehlichen Drang, ihre Eltern immer mal wieder zu besuchen. Interessanterweise bestätigten mehrere der ungefähr gleichaltrigen Gäste diese Aussage aus ihrer eigenen Erfahrung. Da scheint es doch noch immer eine enge Beziehung zu der nächsten Generation zu geben. Wir gehören also doch noch nicht zum alten Eisen, das möglichst gemieden werden sollte.

Der Besuch der Kinder erfreut immer wieder, auch wenn sie mit einem Sack ungewaschener Wäsche angerückt kommen und der Kühlschrank am Ende des Besuchs erhebliche Lücken aufweist. Das sind einfach Randerscheinungen, die zu vernachlässigen sind. Aber es ist doch schön, wenn man auch im fortgeschrittenen Alter von 50 oder 60 Jahren noch ausgiebigen Kontakt mit deutlich Jüngeren hat. Selbst wenn sie meine Lieblingswurst ratzeputz aufgegessen haben.

GEWICHTSPROBLEME

Auch dieses Thema habe ich schon mal angeschnitten, aber da es so wichtig ist, muss ich ihm noch ein weiteres Kapitel widmen. Es gibt Menschen, die können essen, so viel sie wollen, sie werden nicht dicker.

Vieles hat mit einer ausgewogenen Ernährung zu tun. Einige Lebensmittel stehen im Ruf, sogenannte Dickmacher zu sein. Das Gemeine daran ist: Das sind oft gerade die Sachen, die gut schmecken. Manche davon schmecken natürlich nicht jedem. Und nicht bei jedem haben diese Lebensmittel die gleichen Auswirkungen.

Es gibt Männer, die können Schweinshaxen essen, ohne dass man es ihnen ansieht. Das ist jetzt etwas missverständlich. Ich will nicht sagen, dass die Esser dann Schweinshaxen haben, sondern dass sie nicht zunehmen. Andere schauen sich Essen anscheinend nur an, und es hat direkte Auswirkungen auf ihr Gewicht.

Andere Lebensmittel, die Folgen auf den Bauchumfang haben könnten, sind zum Beispiel Schokolade, Chips oder Bier. Ich stolpere über den Begriff Lebensmittel. Sind das alles Mittel zum Leben? Wenn ich keine Schokolade esse, fehlt mir dann ein Mittel zum Leben? Unter dem Aspekt habe ich das noch gar nicht gesehen. Aber was ist mit anderen Lebensmitteln, die ich nicht mag?

Okay, ich gebe zu, davon gibt es nicht viele. Früher gab es bei meinen Eltern zum Beispiel Hammelfleisch oder Gehirn mit Ei. Seit ich erstes gar nicht mehr esse und beim zweiten nur noch das Ei, fehlt mir da ein Mittel zum Leben?

Okay, meine Frau hat es mir gerade erklärt. Man braucht bestimmte Speisen, damit der Körper etwas zu verbrennen hat. Daraus schließe ich jetzt: Bei den Menschen, die kalte Hände haben, klappt die Verbrennung nicht so. Die sind alle dick. Bei denen mit warmen Händen klappt die Verbrennung besser und die sind dünn.

Ich habe immer warme Hände. Bin ich dünn? Hm! Meine Frau hat immer kalte Hände. Ist sie dick?

Ich merke, dass an meiner Theorie etwas nicht stimmen kann. Es scheint genau andersherum zu sein. Bei denen mit den warmen Händen läuft der Verbrennungsvorgang auf Hochtouren, schafft es aber nicht. Und bei den anderen gibt es nicht so viel zu verbrennen.

Morgen esse ich mal nichts. Vielleicht habe ich dann ja auch kalte Hände. Und meine Frau bekommt eine extragroße Portion zu essen. Dann kann sie zur Abwechslung mal meine Füße wärmen. So machen wir das!

SCHWERHÖRIG

Es ist schon normal, dass das Gehör im Laufe des Lebens nachlässt. Bei manchen fängt das natürlich ganz früh an, zum Beispiel wenn sie um etwas gebeten werden, wozu sie keine Lust haben.

»Kannst du mal bitte den Tisch decken?« Die Antwort ist Schweigen. Zwei, drei weitere Aufforderungen verhallen ohne Reaktion. So deckt Mutter oder Vater je nachdem verärgert selbst den Tisch. Das Essen brutzelt vor sich hin und ist nach kurzer Zeit bereit.

»Essen ist fertig«, wird verkündet. Und siehe da, das Gehör funktioniert wieder. Das ist, um es neudeutsch zu sagen, die Schwerhörigkeit "on demand", also die bei Bedarf.

Es gibt also die situationsabhängige Schwerhörigkeit, die mit dem Alter nichts zu tun hat, sondern eher mit den jeweiligen Umständen. Werde ich um etwas gebeten, wozu ich keine Lust habe, dann schaltet mein Gehör in den standby Modus und wird nur bei bestimmten Codewörtern wie »Essen ist fertig« oder »Hier ist ein Geschenk für dich« wieder aktiviert.

Eine andere Schwerhörigkeit tritt morgens zu einer bestimmten Uhrzeit auf. Der Teenager liegt in tiefem Schlummer als urplötzlich sein Wecker mit großem Getöse anspringt. Während die Restfamilie von dem ohrenbetäubenden Geräusch hochgeschreckt wird und senkrecht im Bett steht, schläft der eigentliche Empfänger der Aufwachbotschaft tief und fest weiter. Manuelles Nacharbeiten in Form von mehrmaligem Ansprechen oder sanftem bis mittelschwerem Schütteln haben nur bedingten Erfolg. Man erinnert sich an eine andere Form der Schwerhörigkeit, als man den Junior in der Nacht zuvor aufgefordert hat, vielleicht doch mal das Licht auszumachen und zu schlafen.

Und dann gibt es die altersbedingte Schwerhörigkeit. Auch da existieren einige Abstufungen. Die extremste Form davon äußert sich dann so, dass man sich nur noch schreiend unterhalten kann. Typisch ist hierfür, dass die schwerhörige Person ebenso laut spricht, als wenn der Gesprächsteilnehmer ebenfalls beinahe taub ist. Das gleiche Phänomen tritt übrigens auch bei jüngeren Menschen auf, wenn sie Kopfhörer aufhaben, die sie auch für das Gespräch nicht abnehmen.

Nicht mehr gut hören zu können, hat allerdings problematische Situationen zur Folge, da man einfach nicht mehr alles mitbekommt. Während einer Zugfahrt saß ich mit einer älteren Dame im Abteil, die mir gleich beichtete, dass sie nicht mehr gut hören würde. Das war mir bereits klar, als sie mir diese Neuigkeit ins Ohr brüllte. Unglücklicherweise gab es bei dieser Fahrt diverse Probleme, sodass ständig die neuesten Störungsmeldungen, Informationen über verpasste Anschlüsse und so weiter durchgesagt wurden. Die besagte Dame schaute mich jedes Mal interessiert an, sodass ich die gesamte Fahrt über gut zu tun hatte, diese Information brüllend weiterzugeben.

Eine gewisse Form von Schwerhörigkeit kann man natürlich durch ein Hörgerät abmildern. Früher hatten diese Geräte noch eine Größe, dass sie zum einen weithin sichtbar waren, andererseits den Ohren eine erstaunliche Statik abverlangten. Heute gibt es zum Glück beinahe unsichtbare Modelle.

Ich bin froh, dass ich hierauf noch nicht angewiesen bin und das meiste noch ganz gut hören kann. Bis auf das, was ich nicht hören will, aber das ist eine ganz andere Geschichte.

WETTER

Ein immer wieder beliebtes Thema ist natürlich das Wetter. Wenn man seine Gesprächspartner nicht kennt und keinen direkten Anknüpfungspunkt hat, das Wetter geht immer. Man sitzt beim Friseur, darf sich nicht bewegen, weil einem sonst ins Ohr geschnitten wird und versucht, ein Gespräch anzufangen: das Wetter funktioniert auch hier.

Es gibt keine Nachrichtensendung ohne Wettervorhersage. In sämtlichen Nachrichten-Newslettern oder auf Webseiten, überall kommen irgendwann die Wetteraussichten. Die Prognosen haben hin und wieder sogar Realitätscharakter und treffen auf den Punkt. Zum Glück passiert es nicht oft, dass die Feuerwehr 5.000 Liter "heiter bis wolkig" aus dem Keller pumpen muss.

Dann gibt es Apps für Tablets und Smartphones, die einem mitteilen, wie das Wetter gerade ist und wie es in den nächsten Stunden und Tagen wird. Manche können einem sogar sagen, wieviel mm Regen zu jeder Stunde fallen wird. Das ist schon erstaunlich. Wie misst man so etwas im Voraus? Okay, nachmessen tut vermutlich keiner. Mich macht es allerdings stutzig, wenn ich pitschnass werde, obwohl mein Smartphone mir gerade erzählt, dass bei mir strahlender Sonnenschein herrscht. Aber gut, irren ist ja ... menschlich? Wer steckt eigentlich hinter so einer App? Petrus persönlich? Einer seiner Mitarbeiter?

Okay, aber wie war das früher, als es noch keine Apps und keine Smartphones gab? Woher wusste das Wetter, wie es werden sollte? Wer hat es ihm gesagt? Oder hatte das Wetter schon immer eine App? Nur wir Menschen sind erst später darauf gekommen.

Wobei mich eine Sache noch stutzig macht. Es gibt ja verschiedene Wetter-Apps. Ich habe zwei auf meinem Smartphone, die sich öfter widersprechen. Welche hat nun das Sagen?

Ich helfe mir damit, dass ich das Wetter nehme, das mir momentan am besten passt.

»Schatz, wollen wir spazieren gehen?« Meine Frau steuert zielstrebig auf ihre Schuhe zu.

Ich befrage meine App. Es ist trocken bei einigermaßen angenehmen Temperaturen. Ich habe keine Lust zum Spazierengehen und befrage die andere App. In einer halben Stunde wird es regnen.

»Es wird laut Wetterbericht gleich regnen«, erwidere ich und vermeide den Blick nach draußen.

»Aber die Sonne scheint doch«, wird protestiert.

»Noch«, antworte ich.

»Ach, komm.« Wenn sie sich etwas in den Kopf gesetzt hat, ist sie hartnäckig.

Wir verlassen das Haus und gehen in den Park. Unmerklich braut es sich hinter uns zusammen und ehe wir uns versehen, schüttet es wie aus Eimern.

»Siehste«, knurre ich. »Hab ich doch gesagt.«

Meine Gattin lächelt.

Bin ich schuld am Wetter, frage ich mich. *Oder liegt das vielleicht doch an meiner App?* Ich schaue noch mal drauf. Nun meldet sie Sonnenschein, obwohl es nach wie vor von oben runterprasselt, als gäbe es kein Morgen. Die App scheint kaputt zu sein.

Nachdem wir zuhause angekommen sind, wringen wir erst mal unsere Sachen aus. Meine Frau nimmt das gelassen, aber ich bin sauer auf meine Apps. Die eine hat mich vor dem Spaziergang belogen, die andere währenddessen. Ich lösche beide von meinem Smartphone und nehme mir vor: Ab jetzt höre ich auf mein Bauchgefühl. Und wenn es regnet, trage zumindest ich keine Schuld mehr dafür.

Das Wetter ist auch nicht mehr das, was es mal war, seitdem es diese Wetter-Apps gibt.

Mit trockenen Sachen und einem heißen Tee sitzen meine Frau und ich im Wohnzimmer und betrachten die Sonne, die plötzlich wieder herausgekommen ist. Diese ganze neue Technik überfordert anscheinend auch das Wetter. Früher war alles doch etwas einfacher.

Wir schauen uns an und lachen. Soll das Wetter doch machen, was es will. Wir gehen spazieren, wann wir wollen. Wir lassen uns doch vom Wetter nicht unser Leben diktieren.

Und wenn wieder jemand über das Wetter schimpft, erwidere ich gönnerhaft: »Das ist mir doch egal. Ich bin unabhängig. Basta!«

FRÜHER WAR MEHR LAMETTA

Viele Menschen, gerade ältere, haben den Eindruck, dass früher vieles, wenn nicht alles, besser war. Das gilt für das Wetter, das früher angeblich angenehmer und berechenbarer war, aber für vieles andere auch.

Die Menschen hatten mehr Zeit, es war alles nicht so hektisch wie heutzutage. Man unterhielt sich mehr, unternahm etwas zusammen. Jetzt sitzen die Leute vor dem Fernseher, dem Laptop oder dem Smartphone, jeder ist mit sich selbst beschäftigt. In der Bahn schaut noch kaum jemand auf, sondern blickt, den Kopf starr nach unten gesenkt, auf den Mini-Bildschirm seines Smartphones. Kein Wunder, dass es immer mehr Menschen mit Haltungsschäden gibt.

So kann man die Aufzählung beliebig fortsetzen und über die gute, alte Zeit seufzen, die endgültig vorbei ist. Ich habe allerdings die Vermutung, dass wir heute in einer Zeit leben, die in einigen Jahren als die "gute, alte Zeit" beschrieben werden wird. Vermutlich ist es menschlich, dass man dem Vergangenen hinterhertrauert, weil man das Gefühl hat, dass früher alles leichter und besser war. Dabei übersieht man die Neuerungen, die das Leben heute angenehmer machen, wie zum Beispiel Waschmaschinen, Geschirrspüler, um nur zwei zu nennen. Menschlich ist natürlich auch, sein Leben mit immer mehr Dingen vollzustopfen.

Früher war ich nicht so sehr damit beschäftigt, eine endlose Liste von Emails zu lesen, weil es die noch gar nicht gab. Andererseits konnte man sich nicht spontan mit jemandem verabreden, ohne mit ihm zumindest sprechen zu müssen. Stichwort Telefon.

Man fragt sich heute, wie man sich eigentlich treffen konnte, ohne spontan sein Handy zu greifen und eine Nachricht zu schicken, wie zum Beispiel: »Ich warte an der Ecke Parkstraße zu Schlossallee auf dich.«

Trotzdem ist es immer wieder üblich, über die heutige Zeit zu schimpfen und nach hinten zu blicken, gemäß Loriot: »Früher war mehr Lametta.« Aber was hatte das zur Folge: Umweltverschmutzung. Was hat man mit den Tannenbäumen nach Neujahr gemacht? Entsorgt! Wer hat das Lametta entfernt? Kaum einer.

Ich habe mir vorgenommen, nicht der Vergangenheit nachzutrauern, sondern mich über das Hier und Jetzt zu freuen. Wer braucht schon Lametta? Ich nicht.

ICH GOOGLE DAS MAL

Vielleicht war früher tatsächlich manches besser. Aber eines auf jeden Fall nicht: die Möglichkeit, schnell Wissen abzurufen. Damit meine ich nicht das eigene, sondern etwas, das uns zumindest für einen kurzen Moment eine Antwort gibt, die wir meistens kurz danach wieder vergessen haben.

Der Zaubersatz heißt einfach: »Ich google das mal.« Immer wenn es um Spezialfragen geht, greifen die Menschen zum Smartphone und suchen nach Antworten.

Wann hat der Hund des amerikanischen Präsidenten Geburtstag? Wer hat mit wem im Jahr 2010 eine Beziehung gehabt? Wie viele Zähne hat ein ausgewachsener Braunbär?

Man kann schon sagen: Das bildet. Es gibt natürlich einige Miesepeter, die behaupten, das Volk würde verdummen, weil sie nichts mehr selbst wissen, sondern sich vielmehr auf die Suchmaschinen verlassen. Das kann ich so nicht bestätigen.

Es gibt vieles, was in meinem Gedächtnis haften bleibt. Das sind zwar nicht immer richtig spannende Dinge, aber aus irgendeinem Grund meint mein Gehirn anscheinend, diese Information für den späteren Gebrauch abspeichern zu müssen. So weiß ich zum Beispiel, dass der Hund von Barack Obama Bo heißt. Allerdings kenne ich sein Geburtsdatum nicht. Ich weiß auch, wer die erste Staffel von "Deutschland sucht den Superstar" gewonnen hat.

Anderes kann ich dagegen nicht behalten. Das meiste davon kann ich natürlich nachschlagen, manches allerdings nicht. Wenn ich zum Beispiel vor dem Geldautomaten stehe, um Geld zu holen, ich mich aber einfach nicht an meine PIN erinnern kann, hilft mir das Internet nicht weiter.

Bei manchen Dingen unterstützt mich das Internet aber wirklich. So werde ich über Facebook bei den meisten Freunden und Bekannten an deren Geburtstag erinnert. Doch auch hier hilft es nicht in jedem Fall weiter. Das Internet kennt zum Beispiel den Beginn unserer Urlaubsreise nicht. Aber den habe ich mir natürlich genau gemerkt. Es war der 26. Juli. Oder der 25.? Vielleicht der 27. oder der 24.? Auf jeden Fall irgendetwas um den Dreh. Meine Frau wird mich schon daran erinnern. Ist natürlich ein Scherz. Den habe ich im Kopf und zur Sicherheit auch in meinem Kalender.

Welchen Hochzeitstag haben wir? Wir hatten den 5., bald schon den 6? Haben die eigentlich einen Namen? Silberhochzeit ist ja erst mit 25. Aber 5? Ich google das mal.

Ah, ich habe es gefunden. Das ist die hölzerne Hochzeit. Da hilft mir das Internet richtig weiter. Es steht zum Beispiel auf der Seite hochzeitstage-bedeutung.de:

Die Hölzerne Hochzeit wird von vielen Paaren als erstes Jubiläum groß gefeiert. Sprüche und Gedichte gehören ebenso dazu wie originelle Ideen für außergewöhnliche Geschenke. Wenn ein Ehepaar 5 Jahre verheiratet ist, dann hat die Ehe Bestand. Sie ist so fest wie Holz und wird deshalb auch als Hölzerne Hochzeit bezeichnet. Um dem Jubelpaar eine weiterhin glückliche und harmonische Ehe zu wünschen, wird auf Holz geklopft.

Und der 6. ist die Zuckerhochzeit. Was es nicht alles so gibt!

Ich sage es doch: Internet bildet. Also, lieber Leser, Ihr wisst Bescheid, was Ihr irgendwann zwischen dem 24. und 27. Juli zu tun habt. Wünscht mir einen schönen Urlaub.

MAROTTEN

Ich gebe es zu, ich habe auch welche. Marotten. Zum Glück sind meine harmlos, finde ich. Aber ich muss auch gestehen, dass mich manche Marotten nerven, vor allem die von anderen.

Wenn zum Beispiel jemand einen Kugelschreiber in der Hand hat und ständig die Miene rein und raus schnippen lässt, dann macht mich das wahnsinnig. Das ist für mich genauso nervig wie ein tropfender Wasserhahn.

Ich habe mal in einem Projekt gearbeitet, wo wir mit mehreren Kollegen vor unseren Computern an einem langen Tisch gesessen haben. Am selben Tisch saß unglücklicherweise ein Kollege, der ständig mit dem Bein gewippt hat. Leider wippte der gesamte Tisch inklusive meines Bildschirms mit. Wenn er mal nicht am Schreibtisch saß, merkte man das sofort. Ebenso, wenn er wieder zurück war. Ich wurde beinahe seekrank bei dem Gewackel.

Im Laufe des Lebens entwickelt jeder Mensch Marotten, so meine These. Manche sind ständig am Aufräumen. Andere überprüfen zwanzig Mal, ob sie alle Geräte ausgeschaltet haben, wenn sie das Haus verlassen wollen.

Dann gibt es regelrechte Zwänge: Waschzwang, Zählzwang und andere Zwänge.

Nun muss ich meine Marotten beichten, die ich in den letzten 50 Jahren entwickelt habe. Es fällt mir nicht leicht, darüber zu reden, also bitte nicht weitererzählen.

Mein Schreibtisch ist ein einziges Chaos, aber es ist mein Chaos. Wenn da jemand etwas verändert oder einen meiner 25 Kugelschreiber entführt, dann kann ich das gar nicht leiden. Wozu man 25 Kugelschreiber braucht? Ich benötige die einfach. Das soll auch eine Marotte sein? Okay, dann ist das eben so.

Schmatzgeräusche kann ich überhaupt nicht leiden. Ich saß mit meiner Frau mal in einem Hotel beim Frühstück und am Nachbartisch speiste ein Mann asiatischen Aussehens. Okay, die Tischsitten sind kulturell unterschiedlich. Aber seine Essgeräusche brachten mich an den Rand meiner Fassung.

Um ehrlich zu sein, fallen mir gar keine weiteren Marotten mehr ein. Bei anderen, gerade älteren Personen gibt es jede Menge. Manche kneifen die Augen immer wieder zu. Andere schauen ständig in ihre Handtasche oder sie verlegen ihre Schlüssel oder Brille. Dann gibt es Leute, die immer mit einem bestimmten Bein morgens aufstehen oder ins Bett einsteigen und so weiter.

Aber bei mir fällt mir nichts weiter ein. Ich glaube, mehr Marotten habe ich gar nicht. Ich kann ja mal meine Frau fragen.

Hmm, sie meinte eben, sie würde das mal aufschreiben und mir morgen dann die zwei oder drei Seiten geben, damit ich sie hier aufnehme.

Ich habe doch noch eine Marotte. Ich bringe oft Themen nicht zu Ende. Daher breche ich das Kapitel hier lieber ab.

DIE ZEIT RENNT

Beim Betrachten des Wochenendphänomens hatten wir das Thema schon mal. Die Zeit ist alles andere als gleichlaufend.

Als ich noch Kind war, also vor ein paar Jahren, da zog sich die Zeit manchmal endlos dahin, zum Beispiel vor Weihnachten. Das war kaum zum Aushalten. Diese vier Adventssonntage waren eine einzige Zumutung. Die gingen überhaupt nicht rum.

Gleiches galt für die Schule. 45 Minuten Unterricht können einem wie eine Ewigkeit vorkommen. Bei mir betraf das vor allem Lateinstunden, die dauerten gefühlt mindestens 90 Minuten. Auch die Schuljahre insgesamt zogen sich dahin, bis man endlich frei war.

Bei der Bundewehr war es ähnlich. Zu meiner Zeit dauerte der Wehrdienst noch 15 Monate. Auch die beeilten sich nicht gerade. Von der Sache mit dem Maßband habe ich ja schon geschrieben. So ein Meter fünfzig kann ganz schön lange dauern.

Aber dann irgendwann fing die Zeit an, auf die Tube zu drücken. Kaum war das Kind auf der Welt, schon machte es plötzlich Abitur, studierte ein paar Wochen und war kurz danach verheiratet.

Irgendwie hatte ich den Eindruck, manches gar nicht so richtig mitbekommen zu haben. Ein Blick in die Fotoalben bestätigte aber, was ich vermutete. Da lagen einige Jahre dazwischen, und ich war dabei gewesen. Mittlerweile verstand ich den Satz, den vor allem ältere Menschen immer wieder seufzend von sich geben: »Wo ist nur die Zeit geblieben?«

Ja, wo ist sie? Es macht Schwupps und schon hängt man den nächsten Kalender auf. Schon wieder Geburtstag, schon wieder Weihnachten. Der letzte Urlaub bereits Monate her.

Ich weiß nicht, wie das passiert, aber ab einem bestimmten Alter läuft die Zeit einfach schneller. Jeden Abend, wenn ich ins Bett steige, denke ich: Bin ich nicht gerade erst aufgestanden? Beziehungsweise bin ich nicht gerade erst ins Bett gestiegen? Aber das muss gestern gewesen sein.

Zeit ist etwas, das wir nicht im Griff haben und unterschiedlich empfinden. 20 Minuten Massage sind schnell vorbei. 10 Minuten Zahnarzt dauern ewig. 5 Minuten bei eisigen Temperaturen oder Regen auf den Bus warten, kommt uns wie eine Ewigkeit vor. Sich zwei Stunden mit einem guten Freund unterhalten, wirkt oft wie 10 Minuten. Es ist einfach ungerecht.

Wenn du, liebe Leserin, lieber Leser, oder Sie, liebe Leserin, lieber Leser (ich bin genderfit!), je nachdem, wie gut wir uns kennen, dieses Buch bis hier gelesen hast oder haben: Hat das lange gedauert oder war es kurzweilig? In beiden Fällen möchte ich mich entschuldigen. Im ersten Fall, weil ich dich/Sie gelangweilt und dir/Ihnen Zeit gestohlen habe. Im zweiten Fall, weil die Zeit zu schnell rumgegangen ist. Sorry sagt dein / Ihr Zeitdieb!

MEIN LETZTER ARBEITSTAG

Ja, und dann war er da, mein letzter Arbeitstag. Ich stand zum letzten Mal früh auf (wie ich zumindest dachte), packte meinen Kram zusammen und fuhr in die Firma.

Meinen Schrank hatte ich bereits vorher weitestgehend ausgeräumt. Nun ging es darum, meine übrigen Arbeitsmaterialien abzugeben. Meinen Laptopinhalt löschte ich, nachdem ich eine Abschiedsmail an meine Noch-Kollegen geschrieben hatte. Dann packte ich alles zusammen. Rechner, Schlüssel, Smartphone, Eintrittskarte, bei uns neudeutsch Badge genannt.

Plötzlich fühlte ich mich nackt. Nach so langer Zeit auf einmal ohne alles dazustehen, das Gebäude zum letzten Mal zu verlassen. Es war schon komisch und auch wenn ich das schon länger auf mich hatte zukommen sehen, war der Moment doch speziell.

Ab jetzt gehörte ich nicht mehr zur arbeitenden Bevölkerung, zumindest nicht mehr so richtig. Nun war ich Frührentner. Das hörte sich komisch und mächtig alt an. Wieder musste ich an den türkischen Friseur denken, der mich vor Jahren gefragt hatte: »Bist du schon in Rente?« Damals hätte ich ihm am liebsten eine reingehauen. Nun stimmte es. Ich war Rentner, nein Vor-Ruheständler. Klingt aber irgendwie auch nicht besser.

Was mache ich jetzt? Räume ich meine Garage auf? Ach nein, ich habe ja gar keine. Den Keller? Der hätte es in der Tat nötig.

Zumindest würde ich es anders machen als viele, die nur für ihre Arbeit gelebt hatten. Die lagen lange im Bett, schlurften dann im Jogginganzug zum Briefkasten, in dem höchstens irgendwelche Werbung auf sie wartete, und wussten mit sich nichts anzufangen.

Ich hatte ja Pläne. Am Tag danach, erinnerte mich an den Film "The day after", klingelte der Wecker, meine Frau stand auf und machte sich bereit für die Arbeit. Ich durfte liegen bleiben bzw. ich hätte liegen bleiben können. Aber ich wollte ja nicht gleich den ersten Tag nutzlos verplempern.

Ich trank meinen Kaffee, genoss mein Frühstück und verabschiedete meine Frau. Und jetzt? Ich zog meine Jogginghose über und setzte mich mit einem leeren Blatt Papier an meinen Schreibtisch und erstellte eine Todo-Liste. Erst einmal für heute.

Das Wichtigstes zuerst: Ich schrieb natürlich auf, was ich kochen würde. Dann würde ich meine Ablage machen. Danach wollte ich mich bewegen. Also wurde der Punkt "Spaziergang" notiert. Sollte ich auch noch dazu eintragen, wie lange ich für die einzelnen Aktivitäten brauchen würde? Ich verwarf den Gedanken, dafür musste ich erst einmal Erfahrungen sammeln und beschloss, die Zeitbedarfe für später hinterher zu notieren.

Als Rentner brauchst du Struktur, fiel mir wieder der Ratschlag eines Freundes ein, der bereits einige Jahre Vorsprung als Rentner hatte.

Ich entschied mich dafür, die Aktivität "Spaziergang" vorzuziehen, da es gerade trocken war. Als ich den Haustürschlüssel in die Hosentasche stecken wollte, fiel mir auf, dass ich ja noch eine Jogginghose anhatte. Das war kaum das passende Outfit für den Spaziergang.

Ich ging zum Kleiderschrank, um eine Jeans herauszuholen. Dabei fielen mir die vielen Sachen auf, die ich eigentlich nicht mehr trug.

Daraufhin eilte ich zu meiner Todo-Liste, um einen weiteren Punkt zu notieren: "Altkleider aussortieren".

Nachdem ich den Spaziergang erfolgreich absolviert hatte, 3.500 Schritte laut Schrittzähler, ergänzte ich meine Todo-Liste um all die Punkte, die mir beim Spaziergang eingefallen waren. Sie füllte sich erschreckend schnell.

Als meine Gattin abends von der Arbeit nach Hause kam, hatte ich das gute Gefühl, dass mir die Zeit schon nicht lang werden würde. Die 55 Projekte, die ich im Laufe des Tages notiert hatte, würden mich eine ganze Weile beschäftigen. Und außerdem hatte ich ja noch diverse Buchprojekte im Kopf. Damit würde ich gleich morgen loslegen, wenn ich denn Zeit dafür erübrigen könnte.

DAS BISSCHEN HAUSHALT

Nachdem ich ja nun quasi arbeitslos war, konnte ich zusätzliche Aufgaben übernehmen. Bisher hatte ich mich im Haushalt schon um einiges gekümmert, aber nun konnte ich doch alles übernehmen. Das bisschen Haushalt, so viel konnte das ja nicht sein.

Schließlich verfügten wir über viele elektronische Helfer, die mir zur Hand gingen. Wir hatten eine Waschmaschine und einen Trockner, einen Geschirrspüler und einen Saugroboter. Da blieb für mich ja nicht mehr viel zu tun übrig.

So entspannt machte ich mich ans Werk. Als erstes ließ ich den Saugroboter laufen. Der marschierte durch die Wohnung, um den Staub aus allen Ecken zu entfernen. Für mich sah es vorher schon sauber aus, aber er pumpte in großer Regelmäßigkeit den gefundenen Staub ab, und das war zu meiner Überraschung eine ganze Menge. Hin und wieder musste ich ihn befreien, wenn er irgendwo hängenblieb, zum Beispiel regelmäßig unter dem Sofa. Doch ansonsten war er pflegeleicht.

Das Thema Staub hatte ich im Griff, dachte ich, bis mein Blick auf die Regale und Schränke fiel. Warum gibt es keine Roboter, die das übernehmen? Okay, also einen Staublappen genommen und nachgearbeitet. Meine Güte, wie viele Schränke und potenzielle Staubfänger es in solch einer Wohnung gibt. Ich hatte den Ehrgeiz, die Räume ein für alle Mal staubfrei zu machen. Leider musste ich feststellen, dass die Sachen alle nachstauben.

Man müsste staubfreie Möbel erfinden. Schließlich gibt es ja auch bügelfreie Hemden.

Als nächstes knöpfte ich mir das Bad vor. Hier hatte neben der Benutzung und dem Staubteufel auch das kalkhaltige Wasser einen besonders nachhaltigen Eindruck hinterlassen. Essig, meine Frau nimmt immer Essig für solche Fälle. Ob man auch vorbeugen kann? Also ordentlich viel Essig nehmen? Einen Versuch war es wert, der aber leider einen ziemlich penetranten Geruch in der ganzen Wohnung hinterließ. Ergo, keine gute Idee. Ordentlich Putzmittel überdeckte den Gestank nur notdürftig. Es roch nun beinahe antiseptisch in der Wohnung. Hoffentlich ist das verflogen bis die Frau des Hauses zurückkommt. Naja, zumindest merkt sie dann, dass ich nicht nur auf der faulen Haut gelegen habe.

Ich hatte mir eine Pause verdient und gönnte mir einen Kaffee, bevor ich mich an das nächste Projekt machte. Waschen! Der Wäschekorb quoll beinahe über. Meine Güte, wer macht nur so viel Wäsche schmutzig? Okay, die meisten T-Shirts und Hemden sind von mir. 30 Grad? Oder 40? Welches Programm? An was man alles so denken muss. Ich stopfe alles rein und damit wäre das erledigt. Nach 1 ½ Stunden ist die Wäsche fertig. Okay, aber nun muss ich sie rausholen, in den Trockner stopfen. Alles, was nicht in den Trockner darf, muss aufgehängt werden. Warum kann man diese Dinge nicht automatisieren?

Zwischendurch hatte ich den Geschirrspüler angestellt, nachdem ich ihn mit dem schmutzigen Geschirr gefüttert hatte. Der ist nun auch fertig und möchte ausgeräumt werden. Auch das funktioniert leider nicht ohne meine Mithilfe.

Langsam wird es dunkel draußen. Bald müsste meine Frau nach Hause kommen. Ich schaue auf meine Todo-Liste von heute. Da stehen zwanzig Punkte drauf. Zwei davon kann ich streichen. Staubsaugen und Waschen. Den Geschirrspüler hatte ich leider vergessen aufzuschreiben. Trag ich dazu und streich ihn dann durch. Ordnung muss sein. Der Rest bleibt dann wohl für morgen.

Ich übertrage die unerledigten Punkte in die Liste für morgen und schreibe Waschen noch dazu. Der Wäschekorb ist immer noch recht voll.

Es klappert an der Tür. Die Frau kommt heim von der Arbeit.

»Na, wie war dein erster Tag als Rentner?« fragt sie und lächelt mich an.

Ich versuche zurückzulächeln und antworte: »Ein bisschen Haushalt und dies und das.« Dabei versuche ich, die Erschöpfung in meiner Stimme nicht durchklingen zu lassen.

Sie schnuppert. »Was hast du gekocht? Es riecht hier so komisch.«

»Hähnchen, englisch, also in Essig eingelegt«, antworte ich schnell. Das mit dem Hähnchen stimmt. Das mit dem Essig einlegen auch. Nur nicht zusammen. Aber dafür ist der Kalk weg.

»Ich bin erschöpft. Hast du Lust, mir einen Tee zu kochen?«, seufzt sie und sinkt aufs Sofa.

»Klar«, antworte ich gönnerhaft. »Ich konnte mich ja den ganzen Tag ausruhen.« So ein bisschen Haushalt füllt mich doch nicht aus.

ABENDPROGRAMM

Nun war mein Tagesablauf und der meiner Frau innerhalb der Arbeitswoche natürlich völlig unterschiedlich. Sie ging weiterhin zur Arbeit und kam abends erschöpft nach Hause. Ich konnte mir den Tag nach Lust und Laune gestalten, abhängig von dem bisschen Haushalt.

Zum Glück gab es ja die Möglichkeit, vor dem Fernseher oder im Internet abzuhängen. So nutzten wir unsere Streaming-Abonnements weidlich aus. Heimkino war angesagt bei den einschlägigen Anbietern. Ich untersage mir natürlich jede Form von Schleichwerbung.

Wir machten es uns also vor der "Kiste" bequem und sahen uns Filme an. Wobei das Ansehen der Filme etwas schwierig war, denn die erschöpfte Gattin schlief regelmäßig ein, was zur Folge hatte, dass wir am nächsten Abend einige Passagen, die ich zumindest schon gesehen hatte, noch einmal ansehen mussten.

Das ging natürlich bei den Filmen, die nicht im laufenden Programm zu sehen waren, ganz gut. Beim aktuellen Programm, das wir nur hin und wieder mal sahen, vermissten wir diese Funktion.

So kam im Laufe der Zeit doch eine ganze Menge an Filmen und Serien zusammen. Den einen oder anderen sahen wir auch durchaus mehrfach, weil er meiner Frau gut gefiel. Mich störte das nicht, da ich mich an manche gar nicht mehr so richtig erinnern konnte. War das beginnende Verkalkung?

Ich denke, es lag eher an einer gewissen Überfütterung. Ich wusste schlicht und ergreifend nicht mehr, dass ich schon "gegessen" hatte. Das passierte mir beim richtigen Essen auch manchmal.

Ich sah das Filmegucken natürlich vor allem auch als Ideengeber für meine Krimis und Thriller, die ich schreiben wollte. Manche Ideen kamen mir, wenn ich Filme ansah, aber natürlich musste ich aufpassen, dass ich sie nicht "guttenbergte". Eine Freundin beruhigte mich, indem sie sagte, dass es eigentlich sowieso nichts Neues mehr geben würde, dass jede Idee schon abgegrast wäre. Das fand ich sehr beruhigend und haute gleich die nächsten beiden Krimis raus. Die Filmvorlagen davon waren Blockbuster, also mussten meine Krimis doch auf jeden Fall Bestseller werden.

RENTNER HABEN NIE ZEIT

Schneller als erwartet hatte sich für mich das Leben als Ruheständler eingespielt. Wobei es eigentlich mehr ein "Unruhestand" wurde. Die Liste von Aktivitäten, die ich mir vorgenommen hatte, war schon vorher sehr lang. Doch im Laufe der ersten Wochen, quasi meiner Gehversuche als Rentner, fielen mir noch diverse zusätzliche Dinge ein, die ich unbedingt machen wollte.

Mein dringendstes Projekt neben dem Schreiben war meine Homepage, also meine Visitenkarte als Autor und Lektor. Ich hatte vor einiger Zeit reichlich anfängerhaft damit begonnen, dort etwas zu hinterlassen, aber das war sehr unbefriedigend. Ich kaufte mir also ein Buch zu dem Thema, belegte mehrere Online-Kurse und machte mich an die Arbeit. Jeden Abend war ich erstaunt, wie viel Zeit dabei ins Land gegangen war. Leider vernachlässigte ich auch meine Hausmann-Aufgaben. Als ich das merkte und nacharbeitete, verstrich natürlich noch mehr Zeit.

Daneben schrieb ich an meinem nächsten Buch, hatte mehrere Aufträge für Lektorate und versuchte, Lesungen zu organisieren. Andere Aktivitäten lagen brach, warteten aber auf Erledigung.

Da ich ja nun als Ruheständler eigentlich nichts zu tun hatte, meinten Freunde oder Bekannte, wir könnten uns doch mal treffen, oder ich könnte ihnen bei diesem oder jenem helfen. Meine Absage mit der Begründung »Zeitmangel« wurde mit einerseits Kopfschütteln und andererseits einem müden Lächeln quittiert.

Es kam der unvermeidbare Ausspruch: »Schon klar. Rentner haben nie Zeit!«

Um das zu untermauern, besorgte ich mir ein T-Shirt mit folgendem Aufdruck: »Ich bin Rentner, hab keine Zeit und bin voll im Stress. Terminanfragen bitte mit 4 Wochen Vorlauf.«

Dieses T-Shirt wurde zu meinem Markenzeichen. Anfangs wurde es belächelt, aber im Laufe der Zeit merkten die meisten: Der meint das ernst.

Nun konnte ich meine Schwiegereltern verstehen, die ebenfalls viel um die Ohren hatten und mit denen wir auch immer langfristig Termine verabreden mussten.

Meine Schlussfolgerung aus dieser Erfahrung: Arbeit braucht man gar nicht. Man bekommt seine Zeit auch so rum. Langeweile? Kenne ich nicht! Was ist das? Im Moment komme ich nicht mal dazu, meine tägliche Todo-Liste zu bearbeiten. Stress pur!

DIE POSITIVEN SEITEN DES ÄLTERWERDENS

Es heißt so "schön": »Der Zahn der Zeit nagt«, wenn man vom Älterwerden spricht. Das ist schon richtig, aber wenn ich es mir genau überlege, dann gibt es eine Menge Positives beim Älterwerden. Daher habe ich beschlossen, optimistisch mit dem Prozess des Alterns umzugehen.

Was ist denn daran positiv, wenn man älter bzw. alt wird, fragt jetzt vermutlich der eine oder die andere. Ich will das an einigen Punkten festmachen.

Da nenne ich als erstes die Freiheit, mir meine Zeit weitgehend selbständig einteilen zu können. Die Verpflichtungen, die der Beruf mit sich gebracht hatte, sind nicht mehr da. Ich habe jetzt viel mehr Zeit, das zu tun, wozu ich Lust habe. Dazu gehören etwa Lesen, Filme schauen, Spaziergänge machen, spielen und so weiter. Nun gut, ich schreibe natürlich, lektoriere, aber das mache ich freiwillig. Druck mache ich mir allenfalls selbst.

Damit verbunden ist auch die Möglichkeit, intensiver leben zu können und sich ganz neuen Herausforderungen zu stellen. Das kann das Erlernen einer Sprache oder eines Instruments sein oder etwas anderes, über das man früher nie nachgedacht hat. Die Kunst ist dabei einfach, die Zeit zu nutzen, jeden Tag intensiv zu erleben. Ich habe gerade einen interessanten Satz gelesen: »Nicht die Jahre in unserem Leben zählen, sondern das Leben in unseren Jahren.« (Adlai Ewing Stevenson) Sehr weise, oder?

Ich kann bzw. könnte vieles gelassener sehen. Der Druck ist weg oder zumindest weniger. Manche Ältere haben nun ganz anderen Stress. Da ist zum Beispiel die tägliche Frage: Was esse ich heute? Unangenehme Arztbesuche können stressig sein. Jedes Mal, wenn ich in der Kabine beim Lungenfunktionstest sitze, dann beschleunigt sich mein Puls. Aber das ist natürlich ein ganz anderes Level als der Stress früher im Beruf, es sei denn, man hatte einen ruhigen Job.

Viele ältere Menschen verfügen über ein gesteigertes Selbstbewusstsein. Mit zunehmendem Alter ist es nicht mehr so wichtig, was andere über einen denken. Ich merke an mir selbst, dass ich im Laufe der Jahre zufriedener und selbstbewusster geworden bin. Ich habe in den vergangenen Jahren einiges erlebt und erreicht, kann meine Fähigkeiten besser einschätzen, freue mich über die neuen Möglichkeiten, die sich mir bieten, wie zum Beispiel Bücher zu schreiben und selbst zu veröffentlichen. Geil, oder?

Es gibt außerdem den Begriff der "Altersweisheit". Ob ich das auch schon bin? Bestimmt! Wenn mich Leute um Rat fragen, dann weiß ich immer, etwas Kluges zu sagen. Zumindest empfinde ich es so, mein Gegenüber nicht immer. Aber ich bin weise genug und stehe da drüber: »Wer nicht will, der hat schon.«

Und natürlich ist ein ganz wichtiger Aspekt die Ehre, Oma oder Opa zu sein. Ich selbst genieße einfach die Zeit, die ich mit meiner Enkeltochter verbringe und staune, wie schnell sie größer wird. Okay, sie ist natürlich auch eine ganz besondere kleine Person, das sage ich ganz objektiv. Aber mit ihr etwas zu unternehmen, das sind einfach ganz spezielle Momente.

Mein Fazit also: Altwerden ist gar nicht schlimm. Und alte Leute sind viel netter, als ich früher immer gedacht habe. Vielleicht liegt das daran, dass ich heute deutlich mehr ältere Leute kenne. Wobei mir auffällt, dass ich die meisten davon schon ganz lange kenne. Die sind alle in meinem Alter. Da könnte ein Zusammenhang mit dem Älterwerden bestehen.

GESCHICHTENONKEL

Unsere Kinder sind mittlerweile erwachsen, dafür haben wir diverse Stofftiere zuhause, die wir gern knuddeln. Dabei sind sie inzwischen zu wirklichen Mitbewohnern geworden, mit denen wir ausgiebig kommunizieren können.

Das hat sich sehr interessant und auch sehr lebensnah entwickelt. Alle Stofftiere, dabei sind Hunde, ein Eisbär, ein Biber und ein Schaf haben alle ihren eigenen Charakter. Für Außenstehende mag das etwas befremdlich klingen, aber für uns ist das ein ganzes Stück Unterhaltung.

In Anbetracht der Tatsache, dass wir nun auch ein Enkelkind haben, wurde der Ruf nach Geschichten für Kinder immer lauter. Insbesondere das eine Stofftier, ein Hund, fordert immer wieder nach Filmen oder auch nach Geschichten von mir, in denen ein Hund der Held ist.

Gerade Krimis wären doch eine Super-Gelegenheit, Hunde einzubauen, die den Kriminalfall lösen.

Neulich haben wir "Asterix bei den Briten" gesehen, in denen der kleine Idefix der Held war. Für unseren Stoffhund war der Tag gerettet.

Leider gibt es hin und wieder kleine Eifersüchteleien zwischen den Stofftieren, weswegen ich natürlich in den nun folgenden Geschichten eine gewisse Ausgewogenheit wahren muss. Das ist doch verständlich, oder?

Wenn Sie jetzt meinen, dass ich ein wenig merkwürdig wäre, möchte ich Sie bitten, noch einmal aufmerksam das Kapitel "Marotten" zu studieren. Und irgendwann werde ich mir ein paar Geschichten ausdenken, die ich als Märchenonkel plane, meinen Enkelkindern vorzulesen. Und natürlich den Stofftieren.

Vielleicht fange ich schon mal mit der ersten an. Ich vermute aber, dass meine Hauptgenres, Krimi und Thriller, als Geschichte für Enkelkinder eher ungeeignet sind. Okay, es gibt solche Genres auch für Kinder, wie zum Beispiel "TKKG" und "Die drei ???". Aber die Storys sind schon abgegrast. Es muss etwas mit einem Hund sein. Wie wäre es mit einem Stoffhund, der plötzlich zum Leben erwacht als ein Einbrecher kommt. Der Hund fängt laut an zu bellen und beißt den Eindringling. Oder ist das zu aufregend für Kinder?

Ich merke, ich drifte doch schnell ab in die Krimiszene. Am besten, ich frage unseren Stoffhund, ob er eine Idee hat. Ja, vielleicht ist das schon die Lösung. Ein Stofftier, das einem Autor eine Geschichte erzählt. Und der schreibt die Geschichte der Entstehung dieser Geschichte auf. Klasse, das ist es!

P.S. Mein Stoffhund meint, er wäre einverstanden und fragt nach Tantiemen. Ich denke über das Ganze doch noch mal nach und überarbeite das Kapitel "Marotten".

FAZIT

In diesem Buch habe ich versucht, das ganze Thema Älterwerden von der leichten und lockeren Seite zu betrachten. Manchmal war das sicher auch eher nachdenklich, aber ich hoffe nie bedrückend. Vieles war erfunden, einiges hatte einen wahren Kern. Welche Situationen das waren, verrate ich aber lieber nicht.

Ich bin jetzt Autor. Ich schreibe Bücher. Mein Regal enthält jetzt nicht nur Werke von bekannten Schriftstellern, sondern auch ein Fach mit meinen eigenen. Auf meinem Kindle sind ebooks, die meinen Namen tragen. Man kann sagen, ich bin mein größter Kunde. Noch!

Aber wenn ich Lesungen mache, dann gibt es Menschen, die mir zuhören und hinterher sogar das eine oder andere Buch kaufen. Und das sind nicht nur Bekannte und Freunde, sondern auch Leute, die ich nicht kenne.

Es kann natürlich sein, dass es den Zuhörern peinlich ist, ohne ein Buch nach Hause zu gehen. Ich frage lieber nicht nach, warum sie es gekauft haben.

Doch es gibt auch Rezensionen über meine Bücher, bei denen man merkt, dass der Leser oder die Leserin das Buch tatsächlich gelesen hat. Wenn dann noch eine gute Bewertung dabei herauskommt, ist das schon ein tolles Gefühl. Und wenn sie nicht gut ist, breche ich mittlerweile nicht mehr in Tränen aus. Habe ich zum Glück aber auch noch nie gemacht.

Ich sage mir dann eher: »Man kann es nicht jedem recht machen. Über Geschmack lässt sich bekanntermaßen streiten.«

Meistens schreibe ich Krimis und Thriller, dieses Buch ist also quasi ein Ausrutscher. Aber auch meine anderen Bücher sind nicht nur bierernst. Nicht umsonst heißt mein Haupt-Protagonist Kommissar Z mit bürgerlichem Namen Rainer Zufall.

Aber ich schweife ab. Mein Fazit: Im fortgeschrittenen Alter von beinahe 60 Jahren mache ich jetzt das, was mir wirklich Spaß macht.

Da wir uns jetzt so gut kennen, zumindest Sie mich, möchte ich Ihnen an dieser Stelle das Du anbieten. Okay?

Wenn also du, liebe Leserin, lieber Leser auch Spaß dabei hattest, dann lohnt sich das Schreiben, um Menschen zu unterhalten. Ich habe nicht den Anspruch, den Literaturnobelpreis zu gewinnen.

Du kannst mich ja mal besuchen. Ich bin quasi überall zu finden: bei Facebook, Instagram, Amazon, Twitter und auf meiner Homepage. Die Adressen findest du auch in diesem Buch. In meinem virtuellen Zuhause bin ich meistens gut erreichbar und dann gibt es Kaffee, auch virtuell, versteht sich.

Mach es gut bis dann, oder wir sehen uns bzw. du begleitest mich, wenn ich mit Kommissar Z und seinen Kollegen Verbrecher in der wunderschönen Stadt Hamburg verfolge!

Roland Blümel, in Nordenham geboren, lebt seit vielen Jahren in Hamburg, ist in zweiter Ehe verheiratet. Sein Studium der allgemeinen Betriebswirtschaftslehre hat er im Jahr 1984 als Diplom-Kaufmann abgeschlossen. Bis Anfang 2018 arbeitete er als IT-Berater. Seit 2013 schreibt er Romane und Kurzgeschichten und arbeitet mittlerweile auch als freier Lektor (ADM).

In 2016 wurde unter seiner Mitwirkung eine Krimi-Anthologie unter dem Titel "teilweise tödlich" veröffentlicht, in 2017 gab er mit dem Thriller "Männerfeindschaft" sein Debüt. Eine weitere Krimi-Anthologie ist im September 2017 unter dem Titel "Finstere Abgründe: 13 spannende Kurzkrimis (teilweise tödlich)" erschienen. Ebenfalls in 2017 kam sein zweiter Thriller "Ein Alb-Traum-Urlaub" dazu, dessen Handlung zum Teil in Irland, zum Teil in Hamburg spielt.

Von seiner Krimireihe mit dem Hamburger Kommissar Zufall sind bisher drei Romane erschienen. Der erste trägt den Titel "Ermittlungen durch die rosarote Brille". In ihm beginnt die unglückliche Liebesgeschichte von Rainer Zufall und Yvonne Wilhelm.

Der zweite Roman "Selbstjustiz" handelt von einem selbsternannten Rächer, der jungen Männern auflauert und sie misshandelt. Die Taten eskalieren im Laufe der Zeit.

Im dritten Band "Kommissar am Abgrund" gerät Kommissar Z in einen Strudel von Stalking, Vergewaltigungs- und Mordverdacht.

Der vierte Band erscheint voraussichtlich im Herbst 2019 ebenso wie die fünfte Krimi-Anthologie der Autorengruppe tödlich.

Mehr über den Autor:

Homepage:

https://www.rolandbluemel.de

Facebook:
https://www.facebook.com/roland.bluemel

Autorengruppe tödlich:

http://autorengruppe-toedlich.de/

Instagram:

https://www.instagram.com/rbluemel/

Twitter:

https://twitter.com/romelb

Bisher erschienene Bücher:

Männerfeindschaft (2017) Printbook bei BoD

Männerfeindschaft (2018) ebook bei amazon KDP

Ein Alb-Traum-Urlaub (2017) ebook bei bookrix

Ein Alb-Traumurlaub (2017) Print-Book bei BoD

Ermittlungen durch die rosarote Brille (2017) ebook bei bookrix

Ermittlungen durch die rosarote Brille (2017) Print-Book bei BoD

Selbstjustiz (2018) ebook bei bookrix

Selbstjustiz (2018) Print-Book bei BoD

Kommissar am Abgrund (2018) ebook bei bookrix

Kommissar am Abgrund (2018) Print-Book bei BoD

Teilweise tödlich (2016) Print- und ebook im Karina-Verlag

"Finstere Abgründe: 13 spannende Kurzkrimis (teilweise tödlich)" (2017) Print- und ebook im Fehnland-Verlag

Das Böse kennt keine Grenzen (2018) Print- und ebook im Fehnland-Verlag

Mehr über den Lektor Roland Blümel:

https://rolandbluemel.de/lektorat/

www.lektoren.de

https://fehnland-verlag.de/team

Roland Blümel gehört zum Team des Fehnland-Verlages.

Neben seiner Passion als Autor von Thrillern und Krimis, arbeitet er nun, nach seiner Ausbildung zum Freien Lektor an der Akademie der Deutschen Medien, mit Autoren und auch mit dem Fehnland-Verlag zusammen. Bezüglich der Genres ist der studierte Diplom-Kaufmann nicht festgelegt. Das wichtigste Ziel, das er als freier Lektor verfolgt, heißt schlicht und einfach: *Lektoren optimieren Texte!*

Leseprobe "Ermittlungen durch die rosarote Brille"

Sie betraten den Raum, in dem Dr. Di an seinem Schreibtisch saß und an einem Bericht schrieb. Er ließ sich bei seiner Arbeit auch durch die eintretenden Kommissare nicht stören und tippte seelenruhig weiter. Die beiden Besucher waren sich nicht einmal sicher, ob er sie überhaupt bemerkt hatte. Deswegen räusperte sich Karl vernehmlich, was den Pathologen nur zu einem entschiedenen »Sch« veranlasste, um sich weiter auf seinen Bericht konzentrieren zu können.

Karl und Rainer blickten sich ratlos und genervt an. Nun hatte er sie hierher bestellt, um sie erst einmal wie dumme Schuljungen rumstehen zu lassen.

Schwungvoll betätigte der Doktor den Speichern-Button und drehte sich dann ohne Eile zu seinen beiden Besuchern um. Rainer fiel der blütenweiße Kittel des Rechtsmediziners auf. Unglaublich, wie man in diesem Beruf so sehr auf das Äußere achten konnte.

»So, meine Herren, da sind wir also endlich«, begrüßte er sie.

Rainer wollte gerade protestieren, als Karl ihm das Zeichen gab, still zu sein. Rainer klappte seinen Mund wieder zu und blickte erwartungsvoll auf den Pathologen.

»Also, meine Herren, dann kommen wir mal zu meinen Erkenntnissen: Bei dem Verstorbenen handelt es sich also mutmaßlich um den Leiter des Landeskriminalamtes. Die Frau des Toten war noch nicht hier, will ihn aber unbedingt noch einmal persönlich sehen. Sie kommt heute Nachmittag. Aber der Herr ist ja bekannt und so ist das Feststellen der Identität nur noch eine Formalie.«

Er machte eine kunstvolle Pause und sah die beiden ernst an. Wieder wollte Rainer eine Frage stellen, aber erneut deutete Karl an, dass er lieber schweigen sollte. Er wusste aus langjähriger Erfahrung, dass Dr Di es hasste, wenn man ihn in seinen Ausführungen, die meistens einer Vorlesung glichen, unterbrach.

»Bitte unterbrechen Sie mich nicht«, setzte der Doktor fort, obwohl niemand etwas gesagt hatte. »Das habe ich nicht so gern.«

Karl grinste in Rainers Richtung. Dieser zog die Stirn kraus. *Was für ein Wichtigtuer, dieser Dok Di*, dachte er.

»Der Mann wurde mit zwei Schüssen getötet, wobei bereits einer davon gereicht hätte, ihn in einen Zustand zu versetzen, der mit dem Leben nicht vereinbar ist«, dozierte er weiter und musterte seine Besucher, ob diese seinen Ausführungen folgen konnten.

Rainer stutzte. *Musste man das so kryptisch ausdrücken?* Der erste Schuss war eben tödlich.

Nach einer weiteren kunstvollen Pause fuhr der Pathologe fort.

»Der eine Schuss, vermutlich der erste, wurde aus naher Entfernung direkt ins Herz abgefeuert. Ein aufgesetzter Schuss, wie es aussieht hat der Ausführende, also der vermeintliche Täter, einen Schalldämpfer benutzt.« Wieder blickte er die beiden an. Kunstpause.

»Obwohl der sich mittlerweile nicht mehr am Leben Befindliche bereits das Zeitliche gesegnet haben dürfte, wurde ihm von dem Ausführenden ein weiterer Schuss in die Schläfe zugefügt. Erneut aufgesetzt. Den Schalldämpfer hatte dieser zwischenzeitlich nicht entfernt, weswegen beide Schüsse nicht laut gewesen sein dürften.« Pause. Rainer wurde ungeduldig, traute sich aber nicht, etwas zu bemerken. Karl stand stocksteif, aber sichtlich amüsiert neben ihm und wartete geduldig.

»Das bedeutet: Falls es keine Augenzeugen gibt, dürfte es auch keine Ohrenzeugen geben, denn die Schüsse werden nur ein leises Plopp verursacht haben.« Er schwieg und sah die beiden Beamten aufmunternd an. Anscheinend war jetzt Gelegenheit für Fragen. Rainer blickte zu Karl, der aber keine Anstalten machte, den Mund aufzutun.

»Das hört sich fast nach einer Hinrichtung an«, bemerkte Rainer schließlich vorsichtig.

»Dazu kann ich nichts sagen, junger Mann«, wies ihn Dr. Di zurecht und zuckte theatralisch mit den Schultern. »Alles Weitere liegt dann augenscheinlich in ihrem Aufgabenbereich. Haben die Herren noch Fragen, die ich beantworten kann?«

»Ja«, kam nun doch noch eine Bemerkung von Karl. »Wie sieht es mit der Tatzeit und mit der Tatwaffe aus?« Der Doktor blickte in seine Unterlagen.

»Tatzeit etwa zwischen 23 und 02 Uhr. Mit einer Toleranz von jeweils 60 Minuten. Die Tatwaffe war eine 9mm. Wenn Sie sonst keine Frage haben, würde ich mich jetzt gern wieder wichtigen Dingen zuwenden«, schloss er.

Rainer konnte gerade noch die Frage runterschlucken, ob der Tod des LKA-Leiters und dessen Aufklärung unwichtig wären. Karl, der so etwas schon geahnt hatte, zog seinen Kollegen schnell mit sich. Sie verabschiedeten sich von dem Rechtsmediziner, der ihre Anwesenheit aber anscheinend bereits wieder vergessen hatte.

Vor der Tür konnte Rainer nicht mehr an sich halten.

»Sag mal, ist der immer so merkwürdig?«, fragte

er, tippte sich an die Stirn und deutete zur Tür.

Karl grinste. »Wieso merkwürdig, heute war er doch gut drauf. So schnell bekommen wir die Infos von ihm sonst nie. Daran musst du dich gewöhnen, mein Kleiner. Aber in seinem Fach ist er klasse.

Leseprobe "Selbstjustiz"

Der Mann im dunklen Anzug blickte von seiner Zeitung auf und sah zu den Halbstarken hinüber, die andere Fahrgäste in der Bahn belästigten. Dieses Mal war es ein junges Mädchen, auf das es die beiden Rüpel abgesehen hatten.

»Nun hab dich doch nicht so, du willst es doch auch«, hörte er den einen der beiden sagen. Der junge Mann war höchstens zwanzig Jahre alt und hatte einen fast kahl rasierten Schädel. Er war zwar muskulös, aber nicht gerade ein Kraftprotz. Doch zusammen mit seinem etwa gleichaltrigen Freund fühlte er sich anscheinend stark. Der Freund, der ebenfalls nicht besonders kräftig wirkte und im Gegensatz zu seinem Kumpel lange Haare trug, griff zwar nicht selbst ein, aber ermunterte den anderen, das Mädchen zu küssen, und feuerte ihn an, als dieser die junge Frau weiter bedrängte.

Das Mädchen versuchte vergeblich, sich zu wehren, doch der mit den kurzen Haaren küsste die sich heftig wehrende Frau und griff ihr in den Ausschnitt.

Der Mann im dunklen Anzug blickte sich um. Alle anderen Fahrgäste schauten betreten weg. Von denen war offenbar kein Eingreifen zu erwarten. Er überlegte, ob er selbst tätig werden sollte, fühlte sich den Beiden aber körperlich unterlegen und ließ es lieber bleiben. Doch er spürte wie sein Jagdfieber erwachte. Als die Bahn an der nächsten Station, Lattenkamp, anhielt und die beiden Halbstarken ausstiegen, knüllte der Mann seine Zeitung zusammen und ging ebenfalls auf den Ausstieg zu. Die junge Frau saß weinend auf ihrem Sitz und blickte den beiden jungen Männern voller Verzweiflung nach. Enttäuscht blickte sie auf die anderen Fahrgäste. Keiner war ihr zur Hilfe gekommen. Sie war ein hübsches Mädchen mit langen, blonden Haaren und einem sinnlichen Mund. Sie trug einen knappen, sehr knappen Rock, den diese Kerle anscheinend als Einladung interpretiert hatten. Die junge Frau knöpfte, so gut es trotz der abgerissenen Knöpfe ging, ihre Bluse zu. Ihr kurzer Rock war hochgeschoben, so dass man ihren Slip sehen konnte. Der Mann mit dem schwarzen Anzug warf ihr noch einen kurzen Blick zu und beeilte sich, den Kerlen zu folgen.

Die beiden Rüpel gingen zum Ausgang. Auf der Straße trennten sich ihre Wege. Der Mann im dunklen Anzug lächelte. So etwas hatte er gehofft. Er folgte dem jungen Kerl mit dem kahl rasierten Schädel. Der schien es nicht eilig zu haben, schlenderte scheinbar ziellos durch die

Alsterdorfer Straße, breitbeinig und offensichtlich bester Laune. Als er an einem dunklen Hauseingang vorbeikam, war der Mann im dunklen Anzug plötzlich hinter ihm, zog einen Schlagring und streckte ihn mit einem gezielten Schlag zu Boden. Er schleifte den jungen Mann in ein nahegelegenes Gebüsch und blickte sich um. Anscheinend hatte niemand den Vorfall bemerkt. Er zog dem bewusstlosen Mann Pullover und T-Shirt aus und fesselte ihn. Danach entledigte er ihn auch seiner Jeans, Unterwäsche und Strümpfe und stopfte ihm die Strümpfe in den Mund. Anschließend rieb er den immer noch leblos Daliegenden mit Erde ein und ritzte ihm mit einem Messer ein großes Z auf die Stirn. Als letztes trat er dem Opfer mehrmals kräftig zwischen die Beine und betrachtete zufrieden sein Werk. Danach stand er auf, raffte die Kleidung des jungen Mannes zusammen, blickte sich noch einmal um und machte sich eilig davon. Kurz bevor er die Station Alsterdorf erreichte, warf er das Bündel in einen Müll-Container. Zufrieden lächelnd stieg er anschließend in die U-Bahn, um nach Hause zu fahren. Sein Werk für heute war erledigt.

Leseprobe "Kommissar am Abgrund"

Die junge Frau kam mit Britta im Schlepptau völlig außer Atem ins Büro der Kommissare gestürmt. Erstaunt blickte Rainer auf, als die Tür aufgerissen wurde und sie sofort aufgeregt loslegte.

»Ich möchte Anzeige erstatten. Da bin ich hier richtig, oder? Sie sind doch von der Kriminalpolizei? Ist das hier die richtige Stelle?«.

Rainer Zufall musterte die Frau. Er schätzte sie auf vielleicht Mitte bis Ende zwanzig. Sie hatte brünette Haare, eine schlanke Figur und eine große Oberweite, die durch ein tief ausgeschnittenes T-Shirt nur leidlich bedeckt wurde. Am auffälligsten an ihr aber waren die Augen. Zum einen hatten sie ein tiefes Blau, zum anderen wurde ihre linke Gesichtshälfte von einem Veilchen dominiert.

»Nun mal langsam, junge Dame«, erwiderte Britta Papadopoulos, die Rainer hinter dem Rücken der Frau einen entnervten Blick zuwarf und erklärend hinzufügte: »Ich habe sie zufällig unten beim Empfang aufgelesen und gleich mit hochgebracht, weil sie so aufgeregt war. Was ist passiert und wen wollen Sie anzeigen?«

Die junge Frau blickte von Rainer zu Britta, dann wieder zu Rainer.

»Meinen Ex-Freund, diesen brutalen Kerl.«

»War er das?«, fragte Rainer und deutete auf das Veilchen.

Die Augen der Brünetten blitzten kurz auf, als Rainer sie angesprochen hatte. Dann nickte sie.

»Ja.«

»Ist das zum ersten Mal passiert?«, fragte er sanft.

Sie schüttelte den Kopf. »Nein, das erste Mal war vor drei Wochen.« Tränen traten ihr in die Augen.

»Und warum?«, hakte Britta nach.

»Klaus ist tierisch eifersüchtig. Ohne Grund«, fügte sie hinzu und probierte ein Lächeln in Rainers Richtung.

»Aber damals haben Sie ihn nicht angezeigt?«

Wieder schüttelte sie den Kopf.

»Warum nicht?« Brittas Ton war eine Spur schärfer geworden.

»Er hat sich sofort entschuldigt und gesagt, dass ihm die Hand ausgerutscht wäre.«

»Aha«, sagte Rainer. »Und seitdem hat er sie wieder geschlagen?« Sie nickte.

»Okay, und jetzt möchten Sie ihn anzeigen?«, fragte Britta. Wieder ein Nicken.

»Und Ihnen ist es ernst damit, ja?«

»Auf jeden Fall«, antwortete sie bestimmt und lächelte Rainer an.

»Das ist zwar eigentlich nicht unsere Aufgabe, aber gut, dann brauchen wir ein paar Informationen. Zunächst Ihren Namen und Ihr Alter.«

»Sophie, Sophie Albers«, begann sie und lächelte Rainer an. »Ich bin 28 Jahre alt.«

»Okay, wie heißt Ihr Freund?«

»Ex-Freund«, betonte sie in Rainers Richtung. »Klaus Bartels.«

Die beiden Kommissare nahmen die Anzeige auf.

»So, das wär`s«, beschloss Britta die Befragung.

»Und was passiert jetzt?«, fragte Sophie leicht irritiert.

»Wir werden Ihren Freund …«.

»Ex-Freund«, unterbrach sie die junge Frau.

»Also gut. Wir werden Ihren Ex-Freund vorladen und ihn mit den Vorwürfen konfrontieren.«

»Aber«, stotterte Sophie. »Aber was ist, wenn er mir jetzt auflauert? Kann ich nicht so etwas wie Polizeischutz bekommen?«

Britta schüttelte mit dem Kopf. »Es besteht ja keine Gefahr für Ihr Leben.«

»Aber ich habe Angst.« Panik schwang in ihrer Stimme mit. »Was ist, wenn er mir zuhause auflauert?«

»Hat er denn einen Wohnungsschlüssel?«

»Das nicht, aber wenn er vor meiner Tür steht, wenn ich nach Hause komme?«

»Dann verständigen Sie die Polizei.« Britta wandte sich ab, um ihr zu zeigen, dass das Gespräch für sie beendet war.

»Können Sie mich vielleicht nach Hause bringen? Dann würde ich mich sicherer fühlen.« Sie warf Rainer einen flehenden Blick zu.

Eigentlich fiel das nun wirklich nicht in Rainers Aufgabengebiet, aber der verzweifelte Blick der jungen Frau bewegte ihn.

»Das kann ein Kollege von uns übernehmen, Frau Albers.«

Die Frau sah ihn bittend an, sodass Rainer weich wurde.

»Okay, kann ich machen, aber mehr kann ich nicht für Sie tun.«

* * *

Als sie die Tür geöffnet und wieder hinter sich geschlossen hatte, blickte sie versonnen auf die Visitenkarte in ihrer Hand. Gab es Liebe auf den ersten Blick?

Ab heute war sie überzeugt: Ja! Dieser gutaussehende Kommissar hatte es ihr angetan. Und der Begriff "Notfall" ließ sich doch sehr weit dehnen. Sie war entschlossen, bei ihm aufs Ganze zu gehen.

Rainer war mit seinen Gedanken schon wieder bei ihrem gerade abgeschlossenen Fall, als er sich auf den Weg zurück ins Präsidium machte. Die Sache mit dem selbsternannten Rächer, der Selbstjustiz geübt und mehrere Jugendliche misshandelt und schließlich sogar Menschen ermordet hatte, beschäftigte ihn immer noch. Er ahnte nicht, dass sein eigener Albtraum gerade seinen Anfang genommen hatte.

Leseprobe "Ein Alb-Traum-Urlaub"

Nach einem erholsamen Schlaf und dem üblichen irischen Frühstück machten sich Julia und Robin früh auf den Weg nach Cork. Wieder packten sie ihre Sachen, checkten aus und machten sich auf die Reise. Die Fahrt auf der Autobahn war wegen des fehlenden Außenspiegels etwas abenteuerlich, aber Robin fuhr eher defensiv, um kein Risiko einzugehen. Sie erreichten Cork am späten Vormittag und suchten eine Werkstatt. Die Reparatur sollte ca. 2 Stunden dauern, so dass sie beschlossen, ein wenig durch die Stadt zu bummeln. Ihre Koffer ließen sie im Auto, vertrauten auf die Ehrlichkeit des Personals. Sie erreichten eine Kirche, in der Robin den Turm bestieg. In der Höhe von 40 Metern gab es ein Glockenspiel, das von Besuchern betätigt werden konnte. Während Robin die Glocken klingen ließ, blieb Julia in der Kirche und lauschte dem Klang der Glocken. Anschließend machte Robin noch ein Fotoshooting vom Turm über Cork, bevor er wieder hinabstieg. Die beiden Männer, die hinter einer Häuserecke standen und sie genau beobachteten bemerkten sie nicht, als sie die Kirche verließen.

Hand in Hand ließen sie sich durch die Fußgängerzone treiben. und gelangten in den englischen Markt. Julia fühlte sich nach Istanbul in den dortigen großen Basar versetzt. Geschäftiges Treiben, intensiver Handel, beinahe so wie in der türkischen Metropole.

»Ich muss mal eben auf die Toilette«, sagte Julia zu Robin. »Wartest du hier auf mich?«

»Immer«, antwortete Robin und gab ihr einen Kuss.

»Bis gleich.« Julia verschwand in der Damentoilette. Die meisten WCs waren verstopft und nicht benutzbar, so dass sie mehr als fünf Minuten warten musste, bis sie dran war. Anschließend wusch sie sich die Hände und verließ die Toilette.

Der Platz vor der Damentoilette war leer. Sie schaute um die nächste Ecke. Nichts! Jetzt spielte er auch noch Verstecken mit ihr. Das hatte ihr gerade noch gefehlt.

»Hej, Robin, das ist nicht witzig«, rief sie laut. Julia wurde ärgerlich. Solche Spielchen mochte sie überhaupt nicht.

Einige Leute sahen sie irritiert an. Was war denn mit der los? dachten sie. Typisch Touristen.

»Robin, komm raus. Wir wollen weiter!« Nichts passierte. Allmählich wurde Julia unsicher. Wo steckte er? Warum meldete er sich nicht? Sie hatten doch verabredet, dass er hier auf sie warten sollte. Ihre Unruhe wuchs.

Julia durchsuchte jeden einzelnen Gang in dem

englischen Markt. Keine Spur von Robin. Sie fragte in einigen der Stände nach, ob sie einen jungen Mann, ca. 1,80 groß mit dunkelbraunen Haaren gesehen hätten. Schulterzucken. Keiner konnte sich an so jemanden erinnern.

Sie verließ den Markt und ging noch einmal die Fußgängerzone entlang. Nichts. Robin blieb verschwunden. Allmählich bekam sie Panik. Was war passiert? Warum war er nicht mehr da? Ihr fiel ein, dass sie ihn ja anrufen könnte. Mit zitternden Fingern zog sie ihr Smartphone aus der Tasche. Sie drückte verzweifelt auf die Tasten, vertippte sich mehrfach und erwischte eine andere Nummer aus ihren Kontakten. Hastig legte sie auf. Sie setze sich auf eine Bank und atmete tief durch, um ruhiger zu werden.

Julia, bleib cool, das wird sich alles klären, versuchte sie, sich selbst zu beruhigen. Endlich hatte sie die richtige Nummer erwischt. Rufzeichen. Einmal, zweimal, dreimal. Dann plötzlich Stille.

»Robin?« Nichts passierte. »Robin?« Dann plötzlich ein Besetzzeichen. Was war das? Warum ging er nicht ran?

Sie drückte die Wahlwiederholung. Mailbox. »Hier ist die Mailbox von Robin Fischer. Sie können mir eine Nachricht hinterlassen.«

Julia schüttelte ungläubig den Kopf. Hatte er sie

erst weggedrückt und dann sein Smartphone ausgemacht? Das ergab doch keinen Sinn. Sie überlegte fieberhaft, was zu tun wäre. Sollte sie zur Polizei gehen? Die würden sie für eine durchgeknallte deutsche Touristin halten, deren Freund das Weite gesucht hatte. Sie konnte sich die Antwort ausmalen:

»Ihr Freund wollte einfach mal allein sein, wenn sie seit Tagen aufeinander gehockt haben.« Nein, Polizei würde ihr heute nicht helfen. Sie zermarterte sich das Gehirn, was sie nun tun könnte. Sie konnte sich das Ganze nicht erklären.

Hatte Robin vielleicht einfach nur schon das Auto abgeholt? Aber hätte er ihr nicht Bescheid gesagt? Und die Sache mit dem Smartphone ergab ja nun überhaupt keinen Sinn. Rätselhaft. Doch das einzige, was ihr einfiel war, zur Werkstatt zu gehen und dort nachzuschauen. Vielleicht hatte er das Auto schon abgeholt. Das war die einzige Erklärung, die ihr momentan einfiel. So musste es sein.

Sie ging noch ein letztes Mal in den englischen Markt, aber von Robin gab es weiterhin keine Spur. Durch das hin und her laufen hatte Julia mittlerweile die Orientierung verloren. In welcher Richtung lag noch mal die Werkstatt? Sie nahm den Weg durch eine der Seitenstraßen, aber die Gegend kam ihr unbekannt vor. Auch das noch?

Wo war nur diese blöde Werkstatt? Warum hatte sie sich den Weg nicht besser gemerkt? Aber in Bezug auf Orientierung war Robin einfach stärker als sie und wie konnte sie damit rechnen, dass sie den Weg allein finden musste? Sie versuchte, zurück zum englischen Markt zu gehen, aber auch da verlief sie sich.

Nach einer Stunde ziellosen Umherlaufens fragte sie einen Fußgänger nach dem Weg. Der Mann war selbst Tourist und konnte ihr nicht helfen. Julia war der Verzweiflung nahe. Mittlerweile war sie völlig orientierungslos. Sie kam an einer Tankstelle vorbei und fragte dort nach. Der Mann hinter der Kasse beschrieb ihr den Weg. Es sollte ca. 20 Minuten bis dorthin dauern. Anscheinend war sie wirklich in die total falsche Richtung gelaufen. Sie schaute auf die Uhr. Viertel vor fünf. Hoffentlich hatte die Werkstatt noch geöffnet, wenn sie dort ankam. Zehn Minuten später winkte sie einem Taxi, um es noch rechtzeitig zu schaffen. Der Taxifahrer verstand zunächst nicht, wo sie hinwollte. Julias Panik näherte sich der Hysterie. Sie fühlte sich schutzlos und ausgeliefert.

Schließlich verstand sie der Taxifahrer und ließ sie bei der Werkstatt raus, nachdem sie endlich klarmachen konnte wo sie hinwollte. Julia drückte ihm einen 20-Euro-Schein in die Hand und wartete nicht auf das Wechselgeld. Schon im Augenwinkel sah sie, dass das Tor zur Werkstatt verschlossen war. 17.10 Uhr zeigte ihre Uhr. Die Werkstatt hatte um 17 Uhr geschlossen, wie sie dem Schild entnehmen konnte, das am Tor hing. Oh nein!

Julia spähte durch das Tor. Auf dem Parkplatz vor der Werkstatt stand ein weißer Renault, ihr Renault. Der Außenspiegel war repariert. Hier war Robin also doch nicht gewesen. Wo aber steckte er? Was war passiert? Warum hatte er sie allein gelassen? Und was sollte sie nun machen? Sie blickte sich hilflos um. Dann setzte sich an den Straßenrand und weinte hemmungslos.

Danksagung

Zum Schluss möchte ich mich bei allen bedanken, die zu diesem Buch direkt oder indirekt beigetragen haben.

Hierzu gehört in erster Linie meine Frau, die nicht unwesentlich dazu beigetragen hat, dass dieses Buch lesbarer geworden ist.

Zum anderen meine treuen Testleser, die mir das eine oder andere wertvolle Feedback gegeben haben.

Und zum Schluss natürlich auch alle die Menschen, die mir im Laufe des Lebens begegnet sind und mir das "Futter" für diese Reise mitgegeben haben.

Ich habe festgestellt: Älter wird man von ganz allein, dazu muss man nichts tun. Wichtig ist, was man aus dem Leben macht. Auch mit 60, 70 oder 80 Jahren muss das Abenteuer Leben noch nicht zu Ende sein. Und wer weiß: Vielleicht schreibe ich zu diesem Buch noch eine Fortsetzung. Bedenke, und dieser Text hängt bei uns an der Wand: Das Leben ist schön, von einfach war nie die Rede.

In diesem Sinne: Macht es gut!